村田沙耶香

Murata Sayaka

消滅世界

河出書房新社

消滅世界

「アダムとイヴの逆って、どう思う?」

昔、恋人にそう聞かれたことがある。

二十歳のころ、誰もいない家へ恋人を連れ込んだときのことだ。

二人の体温が溶け込んだシーツの中でうとうとしていた私は、外の雨の音と混じるように自分にむけて舞い落ちてきた不可解な質問に、薄く目を開けた。

「逆って、どういう意味?」

「アダムとイヴはさ、ほら、禁断の果実を食べて、楽園から追放されただろ? 人類で最初にセックスをした男女なんじゃなかったっけ? だから、逆に人類がどんどん楽園に帰っていくようになって、最後にセックスをする男女がいるとしたらさ、それってアダムとイヴの逆だろ?」

まどろみながら、私は恋人に返事をした。

「そんな話だったっけ……？　アダムは善悪の実を食べたあと、労働をしないと食べ物を得ることができなくなって、イヴは出産の苦しみがすさまじくなったとか、そういう話じゃなかったっけ」

「あれ、そうだっけ」

恋人は呑気《のんき》に言って煙草を吸い始めた。

「でもほら、快楽とか恥じらいを知ったのは、果実を食べたせいじゃなかった？　俺の中で、雨音《あまね》って、最後のイヴっていうイメージなんだよな。皆が楽園に帰っていく中で、最後の人間としてのセックスをしている存在っていうかさ」

「何、それ。怖い。呪いみたい」

「何となく、そんな気がするんだ」

恋人は私の髪を撫《な》でた。

「まさか」

私は笑ったが、その呪いのような言葉は身体の中に入り込み、肌の裏側にこびりついてはがれなかった。

私が生まれた日のような、強い雨の音がする夜明けのことだった。

I

小学校にあがるまで、私は母の作った世界の中で暮らしていた。

保育園には通っていたが、その記憶はあまりない。当時の自分を思い返して浮かび上がるのは、母と二人きりで過ごした木造の小さな一軒家の光景ばかりだ。

そのころには、離婚した父はもう家を出て行ってしまっていた。けれど、テレビ台の上や母の化粧台など、家の随所《ずいしょ》に父が写った写真が飾られていた。私を抱く父の写真がびっしりと貼られたアルバムを開きながら、母は、「お父さんはね、本当に雨音《あまね》ちゃんを愛していたのよ」と何度も私に言い聞かせた。

私たちが住んでいたのは亡くなった祖母が遺した古い一軒家だった。外観は和風なのに、部屋の中には少し黒ずんだ赤い絨毯《じゅうたん》が敷かれ、洋館のようになっていた。

赤は母が好きな色だった。部屋には小さな赤いソファがあり、カーテンにも赤い花が散らばっていた。夜になると光るガラスの小さなランプも仄かな赤い光を発していた。

赤いソファの背後に古い障子《しょうじ》があるような、ちぐはぐで悪趣味なインテリアだったが、母は、「愛の色だから、お母さんはこの色が大好きなの」といつも言っていた。

母は二階の小さな和室にベッドを置き、母はベッドで、私は横に敷いた布団で眠った。母はいつも、古いお伽噺《ときばなし》を読み聞かせるような口調で、自分と父のなれ初《そ》めを話して聞かせた。

「お父さんとお母さんはね、とっても好き合ってたの。恋に落ちて結婚して、愛し合ったから雨音が生まれたのよ」

「うん」

私は素直に頷《うなず》いた。母が絵本をめくるように私に見せるアルバムには、背が高くて気が弱そうな青年が生真面目な顔で写っていた。それが自分の父だと言われても、ぴんとこなかったが、この二人きりの家では、母の言うことが絶対だった。

「駆け落ち同然だったの。本当に本当に、愛し合っていたのよ」

「うん」

「雨音ちゃんも、大きくなったら、好きな人と結婚するのよ。そして、恋をした相手の子供を産むの。とっても可愛い子供よ」

そのアルバムの他に家にあるのは、大量のボロボロの絵本で、お姫様と王子様が愛し合って結婚する物語ばかりだった。保育園にあるような、新しい綺麗な絵本が欲しかったし、ねだったこともあったが、いつもすげなく却下されていた。

「雨音ちゃんも、いつか好きな人と愛し合って、結婚して、子供を産むのよ。お父さんとお母さんみたいに。そして愛する二人で、大切に子供を育てるのよ。わかった？」

「うん」

私が大人しく話を聞いていると、母は機嫌がよかった。保育園はあまり好きではなかったので、母の与える世界が、私のすべてだった。

だから私は、母の与える「正しい世界」を全身で吸収しながら育った。

うとうとと眠くなると、母の体温と頬に押し付けられた柔らかい乳房の感触や、抑揚をつけてしゃべる囁《ささや》き声はゆっくりと遠ざかっていった。閉じた瞼《まぶた》の向こうに、母が床に置いた赤いランプの光を感じた。いつも、その赤い光に吸い込まれるように、私は眠りについていた。


初めて恋に落ちたのは、まだ保育園に通っていたころだ。

男の子はテレビの中の男の子だった。

どんな恋にも、恋に落ちる瞬間というものが必ずある。その時が訪れるまでは、私は単にそのアニメーションが面白く、保育園でも観ている子が多かったので毎週テレビを点けていただけだった。

それは子供の中で流行っていたアニメーションで、私も木曜日の夕方になるといつもかじりついてそれを見ていた。

その物語は、七〇〇〇歳の不老不死の少年が、色彩を奪われた世界に少しずつ色を取り戻していく物語だった。

最初にテレビを点けたときは、変なアニメだなと思った。画面は真っ暗で、声しかしなかった。

やがて主人公の少年ラピスは「白」を取り戻し、画面は白黒になった。そのとき、初めてラピスの顔がわかった。少し猫のようなきつい目をした、十四歳ほどの姿の少年だった。

物語が進むにつれて、ラピスは一つずつ色を世界に取り戻していった。黄色、紫色、緑色。赤を取り戻したときは、ラピスの身体から出てくる血液にはっとした。

そして物語の中盤、青が世界に取り戻され、空と海が一気に青く染まった。ラピスがやっと青い瞳を取り戻したその場面を見たあとは、涙が止まらなかった。

不老不死の男の子が、腕を切られ、足を切られ、それでもヒロインの女の子のために闘い続け、顔も切られて指一本になっても闘い続けたとき、画面いっぱいに広がる男の子の血と、繰り返されるヒロインの悲鳴を聞きながら、私はその男の子に心を奪われてしまったのだった。

今までに経験したことのない、熱を持った針が心臓に埋まっているような、不可解な疼《うず》きと痛みが私を襲った。

眠ろうとしても痛みは消えず、男の子の姿ばかりが浮かんだ。

世界に色を取り戻したあと、ラピスの身体はバラバラになり、研究所へ連れていかれ、歳をとった博士が再生手術を行った。男の子は不老不死だとわかっているのに、彼が本当に戻ってくるのか気が気ではなくて、眠れない日々が続いた。

そして、やっと手術に成功した男の子が再び画面に現れたとき、私はもう、その青い目を真っ直ぐに見ることができなくなっていた。

身体が火照《ほて》って、体中の皮膚が裏側からくすぐられているような、不思議な、こそばゆい気持ちになった。心臓は病気ではないかと思うほど痛んだ。テレビを観ているだけなのに、こんなふうに身体がおかしくなることが、不思議でしょうがなかった。けれど全身が、彼にもっと会いたいと訴えているのだった。

「ねえお母さん、私、この子に会いたい」

私は母に訴えた。

「この子には会えないのよ。どこにもいないんだから」

洗濯物を畳《たた》んでいた母はふっと笑ってぞんざいに答えた。

母は、私を小馬鹿にし、失望させようとしているようだった。けれど、「会えない」という言葉が私の内臓の奥からさらに熱い熱の塊《かたまり》を引きずり出した。

私にはすぐにわかった。会えないことも含めて、その人はその人なのだということが。そのこと自体も含めて自分がその男の子を好きになっているのだということが。

全身の不可解な痛みと、強烈に循環する血液の感触は続いていた。恋とはこういう疼きと痛みを身体に宿すことなのだと知った。

私はこのとき、物語の中に住んでいる人に、初めて自分が恋をしているのだと悟ったのだった。


自分がちょっと変わった方法で受精された子供だと知ったのは、小学校四年生の性教育の授業のときだ。

明日が性教育だという日、母は茶色く変色した古い本を私に見せ、挿絵を指差しながら私がどのように父との間にできたかを説明した。その話はどこか薄気味悪かったが、私は大人しく聞いていた。勉強だと母が言ったからだ。

しかし翌日の性教育の授業では、昨日とはまったく違うことを教えられた。人工授精のしくみと、それによって子供が生まれる生命の神秘についてのDVDを延々と見せられたのだ。

母は嘘をついたのだろうか、と最初思った。先生が間違っていることを言うはずはない。不思議に思って、放課後、担任の女の先生にこっそり聞いてみた。何かわからないことがあったらいらっしゃいと、授業の最後に優しく言ってくれていたからだ。

私の話を聞いた担任の先生は困惑した様子だった。

「……ええと……昔はそういう方法で妊娠する人が多かったのよ。お母さんは、きっと科学の発達の歴史を、雨音ちゃんに勉強して欲しかったんじゃないかしら」

「いえ、私はそうやって生まれたんだって、母が言ってたんです」

「まあ……ええと……」

「母はおかしいんでしょうか？　嘘をついているんでしょうか？」

「……そうね、こんど家庭訪問があるから、少し先生もお母さんとお話ししてみるわね。きっと、お母さんは勉強熱心なだけなのよ」

だが家庭訪問に来た先生にも母はあけすけに、自分が性行為で私を妊娠したことを話し、仰天した先生がつい同僚に漏《も》らして、職員室で話題になってしまった。

話はいつの間にか、ＰＴＡにまで広がった。男子からは学校で下品な言葉でからかわれた。

「お前んちって、父さんと母さんがヤッて生まれたんだろ？　そういうのキンシンソウカンっていうんだぜ、うげー、気持ちわりー！」

吐く真似《まね》をする男子に、私は反論できなかった。吐き気を誰よりも堪えているのは自分だったからだ。

私が顔を真っ赤にして俯《うつむ》いていると、担任の先生が慌《あわ》ててやってきて、

「そんなこと言うんじゃありません！　昔はみんなそうだったのよ」

と男の子を叱った。けれど、先生こそがそれを不気味に思って言いふらした張本人なので、説得力はなかった。

「昔」がいつのことなのか、そのときの私にはさっぱりわからなかった。けれど、私はそのとき、自分が住んでいるあの赤い部屋は、冷凍保存された過去に囲まれた密室だったのだと知ったのだ。

それからは毎日図書館に通って、「正しい」性について調べた。

「ヒトは科学的な交尾によって繁殖する唯一の動物である。

第二次世界大戦中、男性が戦地に赴き、子供が極端に減った危機的状況に陥ったのをきっかけに、人工授精の研究が飛躍的に進化した。男性が戦場にいても精子を残していけばそれで妊娠が可能になり、残された多くの女性が人工授精で子供を作った。

戦後になると人工授精の研究はさらに進んだ。人工授精による受精の確率は交尾よりも圧倒的に高く、安全であり、先進国から、今では全世界に広まり、交尾で繁殖する人種はほとんどいなくなった。

繁殖に交尾はまったく必要なくなったが、今でも人間は年頃になると、昔の交尾の名残で恋愛状態になる。アニメーションや漫画、本の中のキャラクターに対して恋愛状態になる場合もあれば、ヒトに対して恋愛状態になる場合もあるが、根本的には同じである。

恋愛状態が進み、発情状態になると、それをマスターベーションで処理する。性器を結合させ、昔の交尾に似た行動をとって処理する場合もある（これをセックスと呼ぶ）。

ヒトの妊娠・出産は科学的交尾によって発生するので、恋愛状態とは切り離されている。子供が欲しくなると、パートナーを見つけ、女性が病院で人工授精を受けて出産する。男性は今の科学の力では妊娠ができないので、女性が出産するしか現代では方法がない。最近は、人工子宮の研究が進んでおり、男性や、自分の子宮では妊娠ができなくなった高齢の女性なども、妊娠・出産ができるようになるのではないかと、期待が高まっている。」

たくさんの本で調べて、正しい知識が増えていくにつれ、疑問は強まるばかりだった。なぜ母は、父の精子を人工授精するのではなく、わざわざ避妊器具を外して交尾をしてまで自分を妊娠したのだろう。考えるだけでいつも気分が悪くなった。

私は母とあまり口をきかなくなった。母も何かを察したのか、私にしつこく原始的な交尾について話すことはなくなった。

三学期になった冬のある日、私の髪の毛を三つ編みにしている母に、思わず聞いてしまったことがある。

「ねえ、何で？」

「なに？　雨音、どうしたの？」

「お母さんは、何で、『普通じゃない方法』で私を妊娠したの？」

母は息を呑み、三つ編みをする手が一瞬止まったが、ふっと息を吐くと、再び手を動かし始めた。

呟《つぶや》くように母が言った。

「そんな予感がしていたわ」

それが返事なのか、独り言なのか、私にはわからなかった。

「見て、雨音。今日も雨が降っている。あなたが生まれた日も、こんな風な夏の匂いのする雨が降り注いでいたのよ」

飄々《ひょうひょう》とした顔でそう言い、母は急に、私の三つ編みから手を離した。

「うまくできないわ。右と左の太さがばらばら。もう大きいんだから、自分でやりなさい」

私は、自分が頼んだわけではないのにとむっとして、髪をひっつめにして学校へ行った。学校へ行くと、友達が、

「何か今日、雨音ちゃん大人っぽいね」

と褒《ほ》めてくれた。いつもは母の趣味で編み込みや三つ編みを駆使した女の子っぽい髪形にされていたので、新鮮だったのだろう。

「うん。これからはもう、前みたいな子供っぽい髪はやらないの」

私はつんと顔をあげて、友達にそう答えた。自分は、母が作り上げた箱庭の外に出るのだ。

漠然とだが、そのとき私は自分が新しい世界へ踏み出せたのだと感じていた。

「正しい」性知識をやっと得ることができた私は、自分が恋をしている相手がラピスであることに安堵《あんど》していた。母の言葉を真に受けて、ヒトに恋などしていたら大変だったと思ったからだ。

五年生にあがると、クラスメイトのほとんどが、アニメーションや漫画の中の男の子や女の子に恋をしていた。

可愛いパスケースを買って、恋をしている相手の切り抜きを中にいれるのが流行った。そうして、特別仲のいい友達にだけ、こっそりと自分の好きな相手を見せるのだった。

好きな相手が同じだったときは、ますます友達と仲良くなった。私は相変わらずラピスが好きだったが、もうその放映はなくなってしまって会うこともなく、彼の切り抜きをパスケースに入れている友達はほとんどいなかった。だから放課後、誰もいない教室のベランダで一番仲のいいユミちゃんが見せた切り抜きが「彼」だったときはとてもうれしかった。私たちは手をとりあってはしゃぎ、ラピスの目の色の美しさとか、少年っぽい甘い声の魅力について語り合った。

五時のチャイムが鳴るまでユミちゃんと話し続け、家に帰ったら母にこっぴどく叱られたこともあった。

彼が、誰かに愛されているのがうれしい。それも、この恋をして発見したことだった。

彼を録画したディスクは机の上に大切に並べられていた。私は部屋にある子供用のパソコンでいつも彼を見ていた。ディスクがパソコンの中でキュルキュルと鳴く音が、彼が私に近付いてくる足音だった。

彼を見ると体内に生まれる「熱い塊」は、身体の中を這《は》いずり回り、画面を消して布団にもぐってもしばらく続いた。

甘美な痛みに寄生されているような、不可解な感覚だった。甘い痛みは体中を動き回った。胸、背中、首の後ろや、臍《へそ》の下、爪先《つまさき》が痛くなることもあった。

身体の痛みはラピスに内側を齧《かじ》られているようでもあり、うれしかったが、辛くもあった。年齢を重ねるにつれて激しさを増すその甘い痛みを、身体の中から吐き出すことを覚えるのは、自然な流れだった。

それは、もうすぐ夏休みになるというときだった。私は家で彼の姿をパソコンで眺めていた。そのころには、甘い痛みはさらに強まり、本当に病にかかったようだった。全身の皮膚の内側が一斉に痺《しび》れ、それでも彼を見ることをやめられなかった。

「見つめる」ことが、私が彼に対してできる唯一のことだった。睫《まつ》毛《げ》の動き、瞬《まば》き《た》の回数、髪の毛の中を風がくぐっていく様子、指先の細かな仕草、すべてを暗記できるほど見つめ続けていた。

少しでも痛みがおさまるような気がして、私はシーツで自分の身体を包むことを思いついた。私は長いイヤホンをパソコンから延ばし、彼の声を聞きながら布団にもぐった。彼に触りたくて、タオルケットに脚を絡《から》める。

身体の中で、まだ使ったことがない臓器が疼いていた。

私はその臓器の声に従うように、タオルケットに絡めた脚に力を込めた。

臍より少し下の部分の奥が痛かった。

力を込めた脚を揺さぶると、体中の血液が炭酸になってはじけるような感覚がして、そのまま力が抜けて行った。

私は、古い本でしか読んだことがない「セックス」というものを今、自分とラピスがしたのだと思った。

私は快楽が蒸発したあとの気だるさの残る身体を起こして、本棚を漁《あさ》って、保健体育のときにもらった小さな冊子を取り出した。

ページを捲《めく》ると、「おんなのこのからだ」という文字の下に、昆虫の顔を正面から見たような不可解な臓器が描かれていた。

冊子を読んだときには、子宮、卵巣、卵管、膣《ちつ》、などというものが自分の身体の中にあることが理解できなかった。肝臓やすい臓が体の中にあることがよくわからないように、皮膚の内側にあっても遠い臓器で、これからもずっとそうなのだと思っていた。

私は指で、黒い線で描かれたイラストをたどった。本と身体を照らし合わせて、今、自分の下腹部で熱を持ったのはこの昆虫の顔の真ん中の部分だとわかった。そこには「子宮（しきゅう)」と書いてあった。

物語の中に住んでいる恋しい人が、しっかりと自分の子宮を摑《つか》んで、揺さぶっているのだ。触れないはずの相手と、その瞬間は肉体が繋《つな》がっていた。

私は初めて、イラストの中の不可解で複雑な臓器が、自分の下腹の中にあるのだと意識した。走ったときの心臓や、トイレに行きたいときの膀胱《ぼうこう》のように、内側から私の細胞を揺さぶって存在を主張する臓器なのだと知った。

「子宮」が感じた疼きと痛みは、心臓とも、膀胱とも違う、体験したことのない肉体感覚だった。「見つめる」以外に、自分の身体が彼にアクセスできる手段があったということが、純粋にうれしかった。

「子宮」はまだ少し疼いて、だるさと熱を持っているような感じがした。それが、自分とラピスが体を繋げた証拠だと思った。これは自分とラピスの肉体を繋げるための器官なのだ。そう思いながら、私は自分の下腹を優しく撫《な》でた。


その不思議な体験のあとはどっと身体が疲れて眠ってしまい、宿題を忘れて先生に怒られた。

「どうしたの？　雨音ちゃんが宿題忘れるなんて、珍しいね」

ユミちゃんに声をかけられたが、昨夜のことはユミちゃんには言えなかった。物語の中の男の子と、セックスしてしまったなんて、誰にも打ち明けることはできないと思った。

「雨音ちゃん、スカートが汚れちゃってるよ」

ユミちゃんに耳打ちされて、急いでトイレにいくと、下着が血まみれになっていた。

私は唖然《あぜん》とした。自分の身体はまだまだ未熟で、初潮なんてずっと先のことだと思っていたのだ。

昨日、彼と身体を繋げてしまったことが、私の身体を一気に大人にしたのかもしれない。そう思うと、私の太腿《ふともも》まで汚している血も愛《いと》おしかった。

その日は保健室で生理用のショーツと生理用品をもらい、ジャージですごした。家に帰るとすぐに母に初潮のことを伝え、一緒に病院へ行って避妊処置をしてもらった。

「これで大人になりましたね」

少し痛かったが、お医者さんがそういって笑いかけてくれたのでうれしくなった。

母は終始、無言だった。本当は、私に避妊処置などしたくなかったのだろうが、義務付けられているのでしぶしぶ連れてきたのだ。

痛みはすぐに治まったし、私は誇らしかった。避妊処置をして、やっと、自分の身体が大人になったのだと思った。

中学にあがると、さらにそれぞれなりのやり方で、皆、物語の中の男の子と恋をしていた。絵に描いて恋人に触る子もいれば、好きな男の子の恰好《かっこう》をして、一体化することで恋人と交信する人もいた。

男子も、物語の中の女の子にそれぞれ恋をしているみたいだった。

私たちの性欲は、無菌室の中で育っていた。

クラスには五、六人、ヒトと恋愛をしている子がいたが、その子たちはその子たち同士でつるんでいて、大半の子は物語の中の人と清潔な恋をしていた。

私自身もラピスがずっと好きだったし、これからもそうなのだと思っていた。ヒトと恋をするには、私の性欲は潔癖すぎた。きっと、このまま大人になるまでヒトと恋愛することはないだろう。そしてそのうち人工授精で子供を産み、ヒトではないものと恋愛をしながら家族と暮らしていくのだろう。何の根拠もなく、そう信じて疑うことはなかった。


私の中学では、必ず何かの部活に入ることが義務付けられている。美術部は帰宅部希望者の集まりとなっていて、部室で絵を描いている生徒はほとんどいなかった。私も絵を描くのは好きではなかったので、ほとんど部活に出たことはなかった。

ある日、たまたま美術の課題を出しに美術室を訪れると、誰もいない教室で一人でクラスメイトの水内くんが絵を描いていた。

ドアの音がしたはずなのに、水内くんは気付かずに真剣に筆を動かしていた。邪魔をしてはいけないと思いつつ、ちょっと好奇心にかられて近づいて、びっくりした。水内くんが描いているのは、ラピスの絵だったのだ。

思わず机をがたっと揺らしてしまい、その音にびくっとした水内くんは、私の姿を見て驚いた様子で、慌ててぱっと絵を裏返した。

「あ……ごめん」

水内くんは「……見えた?」と小さな声で尋ねた。

「ごめんね、見ちゃった……それ、ラピス?」

耳まで真っ赤にした水内くんは、俯いて「……うん。誰にも言わないでくれる?」と掠《かす》れた声で言った。

「言わないよ。それに、すごく上手! 私も彼のことが好きなんだ。ほら」

いつもパスケースに入れている切り抜きを見せると、水内くんは目を丸くした。

「坂口さんも?」

「そうだよ。保育園のころから、ずっと彼だけが好きなの。初恋なの」

「……初恋……」

水内くんは少し戸惑った後、「僕と同じだ」と呟いた。

私はうれしくなった。同じ人が好きだということはとても喜ばしいことだ。自分ととても似た性癖の人間を見つけた気持ちになるし、彼が自分以外の人にも愛されているということに幸福になる。けれど、水内くんは苦い顔をして目を伏せた。

「……そのことも、誰にも言わないでほしい。僕、周りには初恋はまだだって言ってるんだ」

「そうなの？　別に平気なのに」

私は理由がわからなかった。ヒトに恋をして隠している子は知っているが、なぜラピスへの恋を隠す必要があるのか、理解できなかった。

「他のやつらみたいに女の子が好きならいいけど……僕はずっとラピスなんだ。変じゃないか？　男なのに」

「全然変じゃないよ。私の友達にも、女の子が好きな子いるよ」

「……そうかな……」

「ヒトが相手の子もいるし、ヒトじゃない子が好きな子もいる。男女の性別を気にしてる人なんていないかと思ってた」

「皆、好きな人のことをよく喋《しゃべ》るよな。僕はそれにも馴染《なじ》めないんだ。自分の恋愛なんだから、わざわざ人に喋って廻《まわ》ることないだろ」

私は驚いて、そして少し自分が恥ずかしくなった。

「水内くん、大人だね。私、人にラピスのこと喋ってばかりだよ。好きって気持ちを発散したくなるのかな。大切な恋の話なのに、平気で言いふらしてた」

「……いや、僕のほうが子供なんだと思う。堂々とできないんだ」

「大事だから隠してるんだよ。本当に大事な恋人とのことは、隠したいもんね。水内くんは、本当にラピスが好きなんだね」

水内くんは微かに頷いた。

「私も、みんなのこと、ちょっと不思議に思うことがあるよ。皆、好きな相手のことを『キャラ』っていうでしょ。私、そうやって言えないの」

「僕もそうだよ。だって、ラピスはラピスだ。人間の玩具《おもちゃ》みたいな言い方はしたくないんだ。僕は、ラピスのことを『あっちの世界の人』って、心の中で呼んでる」

「『あっちの世界』?」

「ラピスの住む世界に僕は行けない。一緒に戦うこともできない。でも、いつも、すぐそばにラピスが生きている世界があるような気がしてるんだ」

「近くて遠い世界だね。まっくら森みたい」

「なに、それ?」

「昔の歌だよ。お母さんが、小さいころ聞かせてくれたCDに入ってたんだ」

「へえ。でも、本当にそんな感じ。そこにラピスは住んでるんだ。ちゃんと生きて戦ってる。だから、ラピスやその仲間たちのことを、『あっちの世界の人』って呼ぶんだ。僕や坂口さんみたいな『こっちの世界の人』も、ラピスには夢中になっちゃうんだもの」

「そっか……じゃあ、私もそう呼ぶ！　真似してもいい?」

水内くんは「僕が発明した言葉じゃないよ」と少し照れたように言った。

私たちは、たまに誰もいない美術室で、ラピスの話をしたり、自分たちの宝物を見せ合ったりするようになった。私が持っているラピスの切り抜きやクリアファイルと、水内くんの描いた絵を交換することもあった。

「いいの⁉　僕の絵なんかと交換して……」

水内くんは頬を染めながら戸惑ったが、私は水内くんの描く彼が好きだった。水内くんはシャープペンシルで絵を描く。ぼかしたり、細かい線をいっぱい入れたりしながら描いたラピスは、いつも真っ直ぐ前を見つめていた。

「水内くんの描くラピスは、きりっとしてて、恰好いいね。どうすればこんなに上手に絵が描けるの？　いいなあ」

水内くんは照れくさそうに、

「絵を描いてるというより、頭の中にいる彼に、鉛筆の先で触るんだ。そうすると、紙の中に彼が現れる。だから、僕は、彼に触りたくなると絵を描くんだ」

私はそれを聞いてますます羨《うらや》ましくなった。水内くんは彼の方法で、好きな時に彼に触れることができるのだ。私も真似をしてみたが、うまくいかなかった。

「これ一枚だけじゃ悪いよ。僕の家にもっとたくさんあるから、好きなのをいくらでも持って行っていいよ」

「ほんと⁉」

私は放課後水内くんの家へ行った。部屋のクローゼットの中に、スケッチブックがぎっしり並べられていた。

「僕は坂口さんと違って、再放送を見て好きになったんだ。だから雑誌の切り抜きとか、そういうものはほとんど持ってない。自分で描くことしかできないんだ」

「本当に彼のことが好きなんだね」

私はふと思いついて、水内くんに尋ねてみた。

「水内くんは、ラピスとセックスしたことある？　男の子はどういう風にするの？」

「えっ⁉」

スケッチブックの山を漁っていた水内くんが、ぎょっとしてこちらを振り向いた。

「ラピスと⁉　そんなことできるの⁉」

「えっ、できないの？」

水内くんは困惑した様子で、

「そんなことは無理なんじゃ……。最近は、ヒト同士の恋愛でもそういうことをしない人が多いって、この前ニュースで観たよ」

「そうなんだ。でも、私はできたよ」

水内くんはそわそわとして、「どうやって？」と尋ねた。

詳しく説明すると、水内くんは困った顔になった。

「ええと、それって、あの、マスターベーション……というものなんじゃないかな?」

「え、でも私は『あ、これが昔本で読んだ、セックスだ! ラピスとセックスできたんだ』って思ったよ?」

「えっと……そうなのかもしれないけど、やっぱり少し違うんじゃないかな。セックスって、交尾のことだよね。最近は、大人もあんまり交尾はしないみたいだよ。必要もないし……」

「そっか……」

せっかくラピスと繋がれたと思っていたのに違うと言われ、私はしょげてしまった。

「僕、将来は医者になりたいんだ。男でも妊娠できるような、人工授精や人工子宮の研究がしたいんだ」

「わあ、すごいね」

「そうしたら、誰でも一人で妊娠できるようになる。わざわざ他に家族を作る必要もなくなるんだ。僕は将来はラピスと暮らしたい。だから、ラピスのいる家で自分で子供を産んで育てられたらいいなあって思うんだ」

「そんなことまで考えてるんだ……私、水内くんのこと、尊敬する。すごく一途《いちず》に、彼のこと愛してるんだね」

水内くんは戸惑った様子で、

「坂口さんだって、本当にラピスのことが好きなんだなって思うけど……」

「でも私、変なのかも。ラピスとセックスできたと思ったのに、結局違ったみたいだし……」

しょんぼりとして言うと、水内くんが慌てた様子で、

「きっと、坂口さんがそう思うならそうなんだよ」

と言ってくれた。

そのとき、身体の中の臓器がずしりと痛み、覚えのある感覚に不思議な気持ちになった。自分が初めてヒトに発情したのだと気が付いたのは、その日、水内くんと別れて家へ向かっているときだった。帰り道、私の顔を覗《のぞ》きこんだ水内くんや、乾いた唇を濡《ぬ》らす水内くんの舌の動きが鮮明に思い起こされ、それと同時にまた私の臓器を痛みが襲った。そうか、これは発情だ、と私は気が付き、通学路で呆然《ぼうぜん》と立ちつくした。この痛みは確かに、ラピスが私に与えるのと同様のものだった。


家に帰った私は、冷蔵庫をあけて、母の作ったおかずが入ったタッパーを取り出した。

母は働いているので、夜はいつも一人だ。母の魂の指紋がべたべたついているような部屋の中で、母の顔を見ずに済んで、むしろほっとしていた。

女手一つで私を育ててくれていることに感謝しなければいけないと思いつつも、母の手料理を食べていると、無性に吐いてしまいたくなることがあった。

今日も、タッパーの中にあるピーマンの肉詰めとポテトサラダやだし巻き卵を見ていると、嘔吐感《おうとかん》がこみあげた。それが、昼間感じた身体の中の発情と混ざり、内臓を薄気味悪く揺さぶった。

私は食事を口にするのをやめ、そのままタッパーの中身をトイレに流した。お腹はすいていたが、何も口にする気にはなれなかった。

私はこの部屋に呪われているのだろうか。吸い込まれていく卵焼きやピーマンたちを見ながら、ぼんやり思った。

母は、母が信じる本能を私の身体に植え付けようとしている。だがそうではない、本物の私の本能が、きっとどこかにあるはずだと、私は思っていた。

今までは、それがラピスに対する発情だと信じていた。自分の発情が、世界の常識と符合していることに、安堵していた。

けれど、違うのかもしれない。私の肉体の奥底には、母が言うような、好きな人と交尾して、「家族」である「夫」との近親相姦《きんしんそうかん》の末に子供を孕《はら》みたいというような本能が沈んでいるのかもしれない。世界の秩序と嚙《か》みあわない発情が身体の中で動きだしたら、私はそれに引きずられながら生きていくしかないのかもしれない。

どんな残酷な真実でもいいから、私は自分の真実が知りたかった。母から植え付けられたわけでも、世界に合わせて発生させたのでもない、自分の身体の中の本物の本能を暴きたかった。

自分の発情の形を確かめたい。それには、水内くんと「セックス」をしてみるしかないと思った。

それをしたときに、自分が孕みたいと思うのか、思わないのか、それがどんなものなのか、すべてを暴きたい。そのためなら、何をしてもいいと思った。

トイレから出た私は、息苦しさから逃れるようにシャツのボタンと下着のホックを緩《ゆる》め、ベッドに寝そべった。どうすれば、水内くんを自分の身体の中に引きずり込むことができるのか、そのことばかりを考えていた。


私と水内くんがセックスをしたのは、それから半年以上たってからだった。

その行為を、私と水内くんのセックスと呼んでいいのかわからない。水内くんが吐きだしたがっていたのは、あくまで、ラピスに対する熱情だったからだ。

最初に私が自分の行為についてぶちまけたせいで、水内くんも気を許したのか、自分の身体について相談してくれるようになっていた。水内くんも、私と同じように、ラピスのことを考えると身体が熱を持つ感覚があるという。

私の肉体は、いつも水内くんに反応していたが、そのことは水内くんには悟られないようにしていた。ヒトとの恋愛は汚い、とユミちゃんなどは言っていたが、私はそうは思わなかった。むしろ、私の性欲は水内くんによってますます精製されて純度を増していくようだった。

「ラピスと身体を繋げられたらな」

溜息《ためいき》をついた水内くんの言葉を、私は聞き逃さなかった。

「じゃあ、やってみようか?」

「え、でも、坂口さんのは、一人でしているだけだと思うし……」

「だから、二人でやってみるの。二人の身体をラピスに捧げるの。セックスって、そういう儀式なんだって。『あっちの世界』みたいな遠い世界の人にも、気持ちを捧げることができるの。ラピスのことを愛してる二人で、やってみたら、ラピスが喜ぶんじゃないかなあ」

私の嘘に、水内くんは興味を示した。

「ほんと? 『あっちの世界』にも、僕たちの気持ちが届くかな?」

「うん、本に書いてあったもん。大人は、みんなそうしてるんだって。ねえ、私たちもやってみようよ」

あの手この手でさんざん誘って、水内くんがその気になるまで一か月かかった。秋が終わり、明日から中学一年生の冬休みが始まるところだった。私たちは終業式が終わった後、誰もいない美術室でラピスのことを喋っていた。

「こうやってラピスのこと考えてると、胸がどきどきする。水内くんはどう?」

「僕も心臓がどきどきする」

「脈は?」

「測ってみようか」

水内くんの手首に浮き出た血管を押さえると、とても速かった。

「すごくどきどきしてるね」

「うん。ラピスのことを考えると、いつもそうなるんだ」

「ねえ、やってみようよ。私もラピスのことを考えると苦しいもん。水内くんとなら、ラピスに愛情を捧げる『儀式』ができる気がする」

「そうかなあ……」

水内くんは首をかしげながらも、否定する様子はなかった。私は必死に畳みかけた。

「ね？　私たちの気持ちを、ラピスに捧げようよ。ラピスのことを思って、身体を『大人の状態』にするんだよ。そうするとできるんだって、本に書いてあったんだから」

「それって、どんな状態なのかな」

「もっと脈が速くなるんじゃない？」

「死んじゃわないかな？」

「わかんない」

このまま家へ行こうと誘うと、水内くんは素直についてきた。私は、水内くんを誘拐するような気持ちだった。

終業式は平日だったので、母は家にはいなかった。私たちは途中で図書館へ寄って借りた性教育の本を熱心に読んだ。そして、本の通りにやってみることにした。

性教育の本には、愛撫についてはほとんど書いていなかったので、私たちはすぐに挿入にチャレンジすることになった。

男の子の身体はシンプルで、性器もわかりやすかった。水内くんには精通がきているそうで、手品をするみたいに、簡単に勃起してみせてくれた。

それを挿入すればいいというのはわかったが、私の性器のほうは難解だった。本では単純明快なイラストなのに、鏡で実物をみると、見たことのない生き物が股の間にへばりついているような奇妙な光景で、本の中のイラストと照らし合わせてもさっぱりわからないのだった。

「とにかく、この『膣口』ってところを探せばいいんだよね」

「うん、でも、どれだろう？　そんなの、見当たらないけど……」

私たちは相談しながら「膣口」を探した。

水内くんが「よくわかんない」というので、私自身も鏡を見たが、自分でもどこなのかわからなかった。

「これじゃない？」

「それは、おしっこの穴じゃないかなあ」

「ここかな？　指が入ってくけど……」

「そんなところに、本当に入るかな？」

自分の身体に、こんなにわけのわからない場所があるとは知らなかった。違うような気もするけれど、ここしかない、ということで、試行錯誤しながらそこへの挿入を試みた。指が入って行く不思議な隙間は、油断するとすぐどこだかわからなくなった。何度かの失敗を重ねて、やっと、身体の中に水内くんの一部を入れることができた。

「やっとできたね」

「これであってるのかな?」

私たちは相談しながら、結局その日はそれだけで終わった。

水内くんが射精をしたのは、その次のときだった。

水内くんが息をとめて身体に力を入れた拍子《ひょうし》に、ぬるりとしたものが身体の中に流し込まれてくる感じがした。

「僕の身体は、儀式が終わったみたい」

水内くんがそういって、性器を私の身体の中から引っこ抜いた。

「まだ何か出てる」

うまく全部出すことができなかったのか、水内くんからは、まだ透明な液体がさらさらと流れていた。

私たちの性器は避妊処置されていて、水内くんから流れていたのは透明な水だった。

図書館の本には、「避妊処置をしていない性器からは、外尿道口から白く濁った液体が出てきます」と記述してあるだけだったので、私たちは資料には書いていないその透明な液体が不思議だった。

指についたものを舐《な》めてみると、微かに薬のような味がした。

「これって、なんのために出るのかな」

本を読んだのに、私も水内くんも、昔の人間の受精の仕組みがいまいち理解できていなかった。

「わからない。でも、出ると気持ちがいいんでしょ？　そのためなんじゃないかなあ」

「でも、ベッドが汚れるし、こんなもの出ないほうがいいのに」

水内くんは面倒そうだったが、私はその不思議な液体が面白かった。

自分からは出せないものなので、私は水内くんに詳しく尋ねた。

「どんな感じになるの？　熱い感じ？　トイレのときと違う？」

「うん。これが出ると、一瞬すごく気持ちよくなったあと、すうって身体が静かになっていくんだ」

「へえ、不思議だね」

「坂口さんは？　どうすると身体が静かになるの？」

「うーん、わからない」

私の身体はまだ、水内くんのように熱を持つほど発達していなかったのかもしれず、ラピスと「セックス」したときの何かが体の中ではじけるような感覚は、水内くんとの行為には感じられなかった。なので、私にはまだ彼の言う意味がよくわからなかった。

「水内くんは、どんなふうに身体がうるさくなるの？」

「うるさくなるっていうか……うまくいえないけど、体中の産毛《うぶげ》を、上に引っ張られてるみたいに全身がぞくぞくして、すごく変な感じになるんだ」

真面目に説明してくれる水内くんと、私は、それからも何度かセックスというものをしてみたが、痛みと少しの安心感の他には、何も感じることができないままだった。

私は、どこかで安堵していた。水内くんとどうしてもセックスがしてみたかったのは、自分の発情の形が知りたかったからという目的も大きかった。

母が私に幼いころ何度も言って聞かせたように、私はいつか「ヒト」と交尾して子供を産みたい衝動にかられるのではないかと思うと、怖かった。水内くんのことが好きになったのも、その兆候なのではないかと思うと恐ろしかった。

けれど、いざやってみると、それは母が持っている古い本にあるような、孕むための交尾とはかけ離れていた。もっと脳に近いような感覚に、私は安堵した。自分の本能が、ちゃんとこの世界の形をしているということが、私の恐怖を和《やわ》らげた。

二人で身体の中を探検しているような感じが面白く、それからも私は何度か、水内くんを家に招いた。そして、何度も、自分の発情の形を確認した。

母は父と交尾をして私を孕んだ。そのことの意味を、大人になって理解していくに従って、さらに不気味に思うようになった。

自然と、私は「普通の恋愛」に熱中した。

高校に入ると水内くんは私立に行ってしまい、公立に行く私とは学校が離れた。メールのやりとりも少しずつ減っていき、音信が途絶えたころ、私はまた新しく恋をした。新しい恋人は正義の味方で、腕に巻いたブレスレットで変身しては、世界の平和を守っていた。

「あっちの世界」の男の子と、ヒトの男の子と、私は両方と恋をした。

その二種類の恋は、同じところもたくさんあり、違うところもたくさんあった。

ヒトとの恋には、味や匂いがあった。私はヒトの精液を飲んだり、汗の匂いを嗅《か》いだりした。ヒトとの恋愛は麻酔のようで、ユミちゃんが言うような生々しさはさして感じられなかった。生々しさも、どこか神秘的だった。

物語の中の人との恋は、ひたすら自分の肉体との会話だった。

私は全身の痛みと、会いたいという飢餓感に悩まされた。その痛みと飢えが、いつも愛しかった。

どちらの恋でも、相手のことを思うと、子宮がひどく痛んだ。その痛みに引きずられるように、どちらの恋でも、私は「セックス」をした。

子供のころ母が私に教え込んだ「愛し合って、子供を産む」のではない形をしている自分の発情を、何度も試したくなるのだった。

私と恋人の挿入はいつも静かで、交尾には程遠かった。繁殖とは関係のない部分を使ってセックスをしている自分と出会うことができた。そのことを確認しては、安心するのだった。ヒトの恋人の中には、セックスというものをしたことがない人が多かった。ほとんどそうだったかもしれない。水内くんと探した「膣口」を説明してみせると、皆驚いた。

高校に入ってすぐに恋人になった美術の先生もそうだった。

「先生はなんでセックスしたことがないの？」

「うーん、特にしなくてもよかったからかな。坂口は珍しいな。若い子は、僕たちの世代よりもっと、しなくなってるって聞くのに」

「そうなんだ」

「授業で習っただろ？　戦争前は交尾をするのが一般的だったけれど、成人男性が徴兵されたのと、戦力になる子供をたくさん作るのが目的で、人工授精の研究が飛躍的に進んだ。人間はわざわざ動物みたいに交尾することがなくなったんだ。さらに高等な動物になったんだよ」

「それは知ってるけど……恋愛をしたらセックスをしたくなる場合だってあるでしょ？」

「まあ、そういう人もいるけど、基本的にセックスなんて昔の交尾の名残だからね。恋人ができても、性欲は一人で処理している人のほうがずっと多いよ」

確かに、そもそも交尾の真似事をする人自体、滅多にいなかった。年配の人の話を聞くことはあるが、私たちの世代ではほとんどが、性欲は自分で処理するものになっている。

「先生、この世界のパラレルワールドのこと、想像したことがある？　人工授精がここまで発達してなかったら、みんなやっぱり交尾してたのかな？」

「まあ、しぶしぶ交尾してたんじゃないかなあ。だってそれしか繁殖する方法がないなら、原始的な方法で交尾するしかないし。でもまあ、そんなこと想像しても仕方ないよ。人類は進化してるんだから」

先生は変な話をする子だな、というふうに笑って、私の髪を撫でた。

ざまあみろ、と私はどこかで思っていた。こうしてセックスは消えていく。母の守っていた古い世界なんて、もう消えつつあるのだ。

世界は急速に変わっていた。私は、その変化が心地よかった。

高校のクラスと部活が同じ樹里《じゅり》とは、すぐに仲良くなった。樹里はハーフかと思うような彫りが深い美人で、マスカラがいらないくらい大きな目が印象的だ。睫毛と瞳が鮮やかな深い黒色をしているので、いつでも、目元だけが雨に濡れているかのように見える。

いつもその容姿で目立っていて、他校の男子が待ち伏せして告白してくることもあったくらいだが、素っ気なく断っていた。さばさばしていて話しやすい性格で、私と馬が合い、同じ美術部に入って毎日一緒に過ごしていた。展覧会があるとき以外は、美術部の部活動は呑気《のんき》なものだった。先輩たちがサボることも多い中、真面目に絵を描く樹里に付き合って、お喋りしながらだらだらと二人きりで部室で過ごすこともよくあった。

その日も、私は部室に置いてある焼き物の本を読んで、先輩が置いていったお菓子を食べていた。樹里は得意な水彩画を描いていて、部室に隠してあるポットでお湯を沸《わ》かし、ティーバッグのお茶を淹《い》れて私にも手渡してくれた。

「ありがとう」

ジャスミンの香りがするお茶を受け取った私に、不意に樹里が声をひそめて聞いてきた。

「ねえ、雨音は彼氏ができたことある?」

私は意外に思って樹里の顔を見た。樹里は皆が恋の話をするといつもつまらなそうにしたり、「悪いけど、用事があるから」と先に帰ったりしていた。樹里はそういう話をするのがあまり好きではないのだろうと思っていたのだ。

「あるよ」

そのころには先生とは別れていたが、私には別の恋人がいた。

樹里は驚いた様子で、「彼氏って、ただのボーイフレンドじゃなくて、恋人って意味よ」と言った。

「うん。初めての人とも、2人目とも、ちゃんと恋人だったよ。セックスだってしたし」

「えっ、雨音、あなたセックスしたことあるの？」

「そうだよ」

「それって、幾つのとき？」

「小学校五年生のとき」

樹里は一瞬驚いたあと、少し不可解そうに、「それは、本当にセックスなの？　恋人ってどんな人？」と尋ねた。

「樹里も観たことあると思うよ。あの時、すごく流行ってたもん。ラピスっていう名前なの。銀色の髪の毛と青い目の、七〇〇〇歳の男の子だよ」

樹里はほっとした様子で、

「なんだ。アニメのキャラクターじゃない」

と言った。

「そうかなあ。身体の関係もあるよ。すごく愛しくなって、キーホルダーをある日、ぱくって口に入れたことだってあるよ」

「そんなの、性行為のうちに入らないわよ。たとえそれが進展したって、自慰でしかないわ」

「そうかな」

「アニメのキャラクターなんて、結局はこちらを発情させて疑似恋愛を起こさせる道具なのよ。雨音は道具を使って疑似恋愛と自慰をしただけよ」

初恋の人を道具だと言われて私は少しむっとして、口をつぐんだ。

気が付いた樹里が、「悪かったわ。雨音にとっては大切なことなのよね」と慰めるように言った。

「でもあんまりそういうことを言わないほうがいいわよ。人から見たら、セックスじゃなくてマスターベーションなんだから」

「……わかった」

樹里の忠告は、水内くんと一緒だった。私は素直に頷いた。

「じゃあ、2人目もアニメの人なのね」

「ううん、ヒトだよ。中学一年生のときで、同級生の男の子だった。彼ともセックスしたよ」

樹里は驚いて、本当に性器を入れたのかと根掘り葉掘り聞いた。素直に説明すると、「それは本当にセックスね」と渋い顔をした。

「よくできるわね、あんな汚いこと」

「汚い？　好きな人の唇や性器って、この世で一番綺麗なものかと思ってた」

樹里は少し呆《あき》れた様子で、

「雨音って恋愛体質なのね。幼い感じなのに、意外だわ」

と呟き、空になったマグカップにまたお茶を淹れた。

「恋愛体質？　そうかなあ」

言われてみれば、自分はひっきりなしに恋をしている。保育園のころからずっと、相手がヒトであるなしにかかわらず恋をして、自分の肉体に引きずられている。恋愛と肉体は連動する。

「私には考えられない。一生、誰とも恋愛なんかしたくないわ。子供は欲しいから結婚はするかもしれないけれど、セックスは一生しない」

「ふうん、そうかあ」

高校でもヒトと恋愛している子は少なかったし、恋愛をしていてもセックスはしないという子が多い。クラスの女子の大半は処女だ。ミカもエミコも、キャラクターに夢中でヒトの男の子とは付き合ったことがない。

樹里は醒《さ》めた口調で言った。

「ヒトと恋をして繁殖する必要がなくなったから、性欲処理のためにたくさんのキャラクターが生み出されてるのよ。私たちの欲望を処理するための消耗品じゃない。それでみんな、満足するようになってる。そのうちわざわざセックスする人なんていなくなるわよ。不衛生だもの」

「そうかなあ」

「そのうち、セックスも恋もこの世からなくなっていくと思うわ。だって人工授精で子供を作るんだから、わざわざそんなことをしなくてもいいじゃない」

確かに、セックスをする人が減っていると、この前もニュースでやっていた。私たちの世代の80%がセックスをしないまま成人を迎えようとしているらしい。たとえヒトとヒトが恋人同士になっても、必ずしも性器の結合にこだわるわけではないらしい。必要ないのだ。

けれど、私はヒトの恋人ができたときは、いつも相手のペニスを自分の膣に入れていた。先生と別れたあとも、人間の恋人としては3人目、ヒトではないものも合わせれば28人目の恋人と、そういう性行為をしたばかりだ。特に性器にこだわっているわけではないが、なんとなくそうしたくなるのだ。だから下火にはなっていても完全にはなくならないんじゃないかな、とぼんやり思ったが、口にはしなかった。

そんな私を少し侮蔑《ぶべつ》したような口調で、樹里は言った。

「雨音も、いろんな『キャラクター』を使い捨てにしてきたんでしょう? 自分のマスターベーションのために。でもそれでいいと思うわ。セックスよりずっと清潔だもの」

「私、そんな風に思ってない。恋をしたら、使い捨てになんかしない。一生好きなの。だから恋なの。ずっと、身体の中に想いの結晶がある、だから一度恋をしたら、ずっと恋人なんだよ」

「雨音、子供っぽいこと言わないでよ。あんなもの、私たちの性欲をかきたてて、下半身の娯楽に貢献するためだけに生まれた偶像なのよ? 恋人、なんて言わないでよ、ぞっとする」

私は部室の奥に置いてあった鞄《かばん》の中から巾着《きんちゃく》を取り出して、樹里の前に立った。

「何よ……どうしたの?」

私は答えずに、中からキーホルダーやラミネート加工した切り抜きを一つ一つ取り出して、樹里の前の机に並べていった。

「これはラピス。初恋の人で、私に初めて恋をするということを教えてくれた。これはキルト。とても正義感が強い男の人で、私に自分を曲げずに生きていくことの大切さを教えてくれた。これは緑流水さん。幼少期からとても辛い目にあってきた人で、それでも誰のことも恨まずすべての人にやさしくて、私に人の心を思いやることの素晴らしさを教えてくれた。これはビルマ。謎が多い人だったけれど本当は主人公のために命懸《が》けで一人で戦っている人で、私に友情というものの尊さを教えてくれた。これは……」

呆然としている樹里の前に、「あっちの世界」の25人すべての恋人を並べ終え、私は樹里を真っ直ぐに見た。

「彼らへ恋することで、私は人間として大切なことを学んだの。彼らは私の大切な一部なの。誰のことも使い捨てになんかしていない。全員、私の大切な恋人で、私のヒーローなの。彼らに恋することで、私は私になったの。私が私の形になるために、彼らが必要だったし、これからもずっとそうよ。それに……」

喉《のど》が詰まったが、私は必死に続けた。

「……辛いときも、悲しいときも、彼らの存在が私を救ってくれた。私たち、一緒に生きてきたの。これからもずっと一緒に生きていくの。大切な恋人で、友達なの。彼らを悪く言わないで」

　こんなことを言う人は、私の友達にもいない。同じように「あっちの世界」の人に恋をする子すら、「キャラ」と呼んで彼らを蔑《さげす》んだりする。

　けれど私は自分を曲げたくなかった。

　ラピスはこんなことではめげなかった、と自分を励《はげ》ました。自分の心の大切な部分をぶちまけてしまったのが恥ずかしくて、立っているのがやっとだった。

「……」

　樹里はしばらく黙りこんだあと、静かに口を開いた。

「……じゃあ、その25人の恋人を、大切に袋の中に戻したほうがいいわ」

「……？」

　意味がわからなくて俯いていた顔をあげると、樹里は長い睫毛を揺らして、私の恋人たちを見つめていた。

「大切なものは、他人に見せると簡単に踏みにじられる。そんなに彼らが大事なら、ちゃんとしまっておきなさい」

　樹里はこの一件があってからも、恋愛にうつつをぬかすクラスメイトを馬鹿にしていたが、私のことを悪くいうことはなくなった。

「私には理解できないけど、あの時の雨音、鬼気迫っていたもの。きっと、私にはわからない何かがあるんでしょうね。知りたくもないけど」

突き放す言い方をしながら一定の理解を示してくれる樹里の態度がうれしかった。私は樹里には包み隠さず恋の話をし、樹里も私にはこっそり自分の将来の人生設計の話をしてくれた。樹里と私はお互いに自分の一番深い部分を晒《さら》し合う仲となり、高校を卒業しても離れることはなかった。

それからも私は、ヒトとも、ヒトではないものとも恋愛を繰り返しながら大人になっていった。

一刻も早く家を出たかったが、アルバイトだけでは一人暮らしは難しかったし、母はなかなか私を家の外に出そうとしなかった。大学を出て就職し、やっと家を出ることができた。仕事先は日本橋の古いビルの中にある、工事用の足場やパイプなどの建設資材の会社だった。仕事が落ち着いたころ、そろそろ子供が欲しくなり、婚活パーティーで知り合った男性と二十五歳で結婚をした。

しかしそれは長く続かず、すぐに離婚となった。

彼とはお互いの仕事のことを考え、二十八歳の私の誕生日に人工授精する予定だった。夫にはちゃんと恋人がいた。私たちの結婚式には、私の恋人も夫の恋人も、お祝いに駆けつけてくれた。

彼は、私の頭を撫でるのが好きだった。二人とも映画が好きだったので、よく一緒に観た。そのとき、私の頭を撫でながら観るのが夫の癖だった。

けれどある日、事件が起きた。犬を撫でるようだった彼の手付きが、急に性的な動きへと変わったのだ。

さっきまでとは違う意味をもって動き始めた手に、あれ、でも気のせいかな、と思っていると、急に尻と胸をまさぐられた。慌てて立とうとすると、勃起した夫のペニスが膝に当たった。

私は呆然とした。

まさか、『家族』に勃起されるときがくるとは。

叫ぼうとしたが、夫の口に塞《ふさ》がれた。

舌を舐めまわされて、嘔吐物がこみあげた。

私は夫の口に嘔吐し、飛びのいた夫を押しのけてトイレに走った。

何度も吐いた。

そのまま警察に行き、「夫に襲われたんです」と言うと、警察も驚いていた。

保護された私は落ち着くまで家には近づかないほうがいいと言われ、一時的に樹里の家に避難した。母は夫の味方をするかもしれないと思ったからだ。樹里は訴えたほうがいいと言ったが夫の顔も見たくなかったのでそこまではしなかった。安いワンルームを探し、平日に会社を休み、二人で住んでいた家から身の回りの品を持ち出して、なんとか一人暮らしを始めた。

離婚の際には、夫の両親と私の母を含めた家族で話し合いをした。

夫の両親は、彼を責め立てた。

「普通、そういうことは外ですることでしょう。よりによって奥さんと性行為をするなんて」

彼は終始俯いていた。

夫を責め立てる空気の中、私の母だけが、「そういうこともありますよ」と妙に冷静だった。

離婚が成立したあとも、しばらくは恋愛をする気にもなれなかった。

「汚された」私を慰めてくれたのは、子供のころから愛し続けている「あっちの世界」の恋人たちだった。

その恋人たちの存在は、私を浄化してくれた。ヒトとの恋愛は気持ちが悪くてできなくなっていた。

このまま、彼らと無菌室の中で生きて行こうと思っていた。でも、子供が欲しいという漠然とした憧れは消えなかった。

経済的に、一人で育てるのは無理だと思った。だから諦《あきら》めようとしていた私に、樹里が強く言った。

「人生、やってみたいことはやってみたほうがいいわよ。大丈夫よ、妻と近親相姦しようとするような変質者は滅多にいるもんじゃないわ。探すだけ探してみなさいよ。それから決めたって遅くないじゃない」

熱心に説得され、三十一歳のときまた婚活パーティーに行った。「一度失敗してるのに、何でわざわざ?」と他の友達は言ったが、樹里の強い言葉が私を励ましていた。

同じようにパートナーを探している友人と共に、再びパーティーへ行き、そこで出会ったのが、今の夫だった。

「30代限定、子供希望、共働き希望、家事・家計完全折半《せっぱん》希望、都内マンション購入希望、年収400万円以上希望　※家の中に互いの恋人を連れ込んでの性行為厳禁」という条件の、「一番人気!　30代限定、スタンダード婚パーティー☆」というパーティーに申し込んだのだ。

一番無難で人気があるパーティーなので初心者でも行きやすいし、人も多い。

事前に、家事は料理と掃除どちらが好きな相手がいいか、朝のテレビは何を見たいか、食事のときにテレビは点けたいか、寝る時間はいつか、寝室は別々希望か、などの細かい希望を入力し、95%以上条件が合う人には☆マークがつく。夫は三人ほどいた☆マークがついた男性の中の一人だった。

一つ年下の夫はその中でも一番清潔感があり、一緒に暮らしても心地よさそうだった。衣食住では食にお金をかけたい、洋服と住居にはそんなに興味はないというのも、正月と夏休みは海外旅行などせず家で過ごしたいというのも、私の嗜好《しこう》と合っていた。

横にいた友達は、年に一回海外旅行、寝るときは電気を消す、掃除はルンバだけでOKなどの人気のある条件ばかり選んだせいか、十二人も☆マークの人がいて結局絞れなかった。そういう意味では、私と夫は幸運だったと言える。

「初めまして、雨宮朔《あまみやさく》です」

「初めまして。坂口雨音です。朔って、いい名前ですね」

「新月の日に生まれたんです。すごく安直な名前で」

「私は、雨の日に生まれたから雨音なんです。安直仲間ですね」

トークは一人三分ずつだったので、夫と交わした会話はこの程度だったが、印象は悪くなかった。あまり他の人のことを憶えていなかった私は第一希望に夫の番号を書き、そのままカップルが成立して連絡先を交換した。

休日に二人で会って食事をし、三回目の面会で結婚を決めた。

決定的なのは、そのときに私が一度目の結婚の話をできたことだ。

私がバツイチだということと事情を説明したとき、夫は眉を顰《ひそ》めた。

「ひどい話ですね。『家族』に性行為をするなんて」

朔は少し考えて、遠慮がちに言った。

「もしトラウマが刺激されて辛かったりしなければ、詳しい話を聞かせてもらえませんか。傷を一緒に背負っていくのも家族だと思うので」

私は夫と一緒に、喫茶店で紅茶を飲みながら包み隠さず話した。

夫は話を聞いて具合が悪くなり、トイレに駆け込んで吐いてしまった。

私は男女共用の車椅子用のトイレで、嘔吐する夫の背中を撫でた。

「ごめんなさい、辛い目に遭《あ》ったのはあなたなのに……」

脂汗を流しながら、夫は何度も謝罪した。

「聞いただけで具合が悪くなって……夫婦がセックスするなんて、そんなおぞましいことが……」

あなたが被害者なのに自分がこんな風になってすまないとしきりに謝る姿を見て、この人なら大丈夫だと思った。

そして私と夫は家族になったのだった。

再婚してすぐ、東日本橋に部屋を借りて住み始めた。夫の会社は少し遠くて乗り換えが大変そうだが、駅まで近く、陽当たりもよかった。

人工授精は私が三十五歳になったら始めようと決めている。将来、家を買うための貯金もしている。

すべて順調だった。そう母に報告したとき、母は、

「順調すぎる結婚生活って、何だか不気味ね」

と冗談混じりに言った。

II

灰色の街は、雨が降ると濡《ぬ》れて黒く染まる。私は、雨水に浸ったアスファルトの上を歩いていた。

夜なので、水たまりは墨汁《ぼくじゅう》のように見える。街灯に照らされた場所だけが、ぼうっと、明るいグレーに染まっている。まるで、水墨画の中を歩いているようだった。

家に帰ると電気が点いていた。夫が帰っているのだな、と思う。人がいる部屋は、一人の部屋と違って、空気にその人の体温が少しだけ混ざって流れてくる。一人で暮らしていたころの埃《ほこり》っぽい冷気とは違う匂いがする。その感覚が好きだった。彼と結婚してよかった、としみじみ思う。

夫の体温がうすくとけた部屋の中を歩いていくと、夫はリビングのソファで眠っていた。

私は夫の頭を撫《な》でた。夫は髪が柔らかく、さわり心地がいい。子供のころ、少しの間、近所の家の水色の小鳥を預かったことがある。夫はどこか、その小鳥と似ている。手触りがよくて、賢くて、匂いもあまりしない。排泄物《はいせつぶつ》もどこか人間味がなくて、嫌悪感をおぼえない。

夫の頭を撫でていると、首筋にキスマークと小さな噛《か》み跡がついていた。恋人と会ったあとなのだろう。私は微笑ましくそれを見つめた。

「朔《さく》くん、朔くん。こんなところで寝たら、風邪ひくよ」

軽く肩を揺さぶると、夫は薄く目をあけた。

「雨音《あまね》さんか……おかえり」

睫毛《まつげ》には、小麦粉のような乾いた目やにがついてしまっている。「朔くん、目を瞑って」とそれを払ってやり、夫に尋ねた。

「ただいま。今日はデートじゃなかったの？　ずいぶん早いんだね」

テーブルの上には、くしゃくしゃになった女性もののハンカチがあった。

夫はデートの後は、恋人のものを一つ持ち帰ってくる。それがあると、会えない期間の精神状態が少しましになるのだと言っていた。

夫はヒトとしか恋をしない体質のようだが、私と同じくらい恋に落ちやすい。今の恋人は私たちが三年ほど前に結婚してから6人目の恋人で、けれど、未だに恋に慣れることなく苦しいのだという。

私も、今、苦しい恋をしている。私の鞄《かばん》の中には、男の子が入っている。私のほうは、今はヒトの恋人はいないが、そうではない恋人はちゃんといる。高校のとき、恋人を巾着袋《きんちゃくぶくろ》に入れていたときと何も変わらない。プラダの黒いポーチの中に、彼らの欠片《かけら》を入れて持ち歩いている。

昨日数えたら、彼らはちょうど40人だった。随分《ずいぶん》恋をしながら生きてきたのだなあ、と思うと、自分の人生も、彼らも、愛《いと》おしくてたまらなかった。

夫と結婚したときは、私にも夫にもヒトの恋人がいたので、両方とも式に招待した。そのときの夫の恋人は、髪の長い大人しそうで可愛い女の子だった。四人で撮った写真は、今でも大切にアルバムの中に仕舞ってある。

あのころと比べると、夫もかなり老けたように思う。恋でやつれているからそう思うのかもしれない。私は夫が寝そべるソファの横に腰をかがめ、その青ざめた顔を覗《のぞ》き込んだ。

「喧嘩《けんか》でもしたの？」

「いや、そんなことはないけれど……彼女はもう僕に飽《あ》きはじめているんだよ。そのことが僕に伝えられないでいる。だから手首を切ったりするんだ」

「今日も切っていたの？　大丈夫、病院にちゃんと行った？」

私は心配になって尋ねた。

夫の今の恋人とは、私も何度か会ったことがある。ショートカットの小柄な女性で、さばさばと明るく夫に軽口を言うのが可笑《おか》しくて、三人でたくさん笑いながら食事をした。

少し辛辣《しんらつ》なところもあるが賢くて、素敵な女性だった。私は彼女が好きだったし、二人は幸せそうだった。夫の妻として、二人の恋を温かく応援していた。

しかし、最近は三人で食事をしようと誘っても、あまり実現しなくなっていた。今、あの溌《はつ》剌《らつ》としていた彼女がボロボロになっているというのは、想像ができなかったが、聞いているだけでつらかった。

「平気だよ。僕に血を見せるためだけに切っている切り傷なんだ。そんなことをしないと僕のことを忘れそうなくらい、きっと彼女の中でこの恋が終わりつつあるんだ」

夫の顔は握りしめているハンカチと同じくらい白かった。

「温かいお茶でも淹《い》れようか？　少し気持ちが落ち着くよ」

「ありがとう」

夫は掠《かす》れた声で言った。

「君はやっぱり、世界でただ一人の僕の家族だ。君にだけは絶対に恋をしないでいられるんだから」

「夫婦なんだから、当たり前じゃない。待ってて、すぐに淹れてくるから」

熱い日本茶をマグカップに淹れて持っていき、青ざめた夫に渡した。

「少し落ち着いたみたいだ……ありがとう」

熱いお茶をすすると、夫は強く目を閉じて呟《つぶや》いた。

「家にいるときだけは、恋をしないでいられる」

私は頷《うなず》いた。「そうだね。私も、朔くんとこうやって一緒にいるときは、恋っていうものがこの世にあることを忘れられるよ」と夫の髪の毛をまた軽く撫でた。

心地よさそうに目を閉じたまま、夫が言った。

「早く子供が欲しいな。子供ができたら、この狂気みたいなものから、少しだけ解放されそうな気がする」

「予定を早める？　人工授精の予約、今ならまだ間に合うと思うんだけれど」

「いや、雨音さん、部署が変わるまでは産休とりにくいでしょう？　目標額が貯まってからっていう計画だし……」

「まあ、そうだけれど」

「恋は恋、家庭は家庭じゃないか。ちゃんと計画通りに来年になってから人工授精しよう。ごめん、弱音を言って」

夫は小さく笑って、「楽しみだな、子供。子供ができたら、もう恋をしなくてもよくなるかな」と呟いた。

「そうなるといいね」

「雨音さんは、今日はデートしてきたの？」

私は「うん、そうだよ」と頷いた。

「今はヒトの恋人はいないけど、その分、毎日がデートだもの」

「幸せ？」

「そうだね」

苦しい気持ちもあるが、幸福ももらっている。そう考えて即座に頷いた。

「よかった。雨音さんの恋はうまくいっているんだね」

夫は青白く乾いた頰の皮膚を持ち上げて笑うと、疲れたように瞼《まぶた》を閉じた。


結婚した樹里《じゅり》が暮らしているマンションは、半蔵門の駅から歩いて五分のところにある。私と樹里は大学は別々だったが、たまに連絡を取って会っていたし、お互いが結婚してからも、樹里の旦那は土日も仕事なことが多いせいか会いやすく、大学のころよりも会う回数が増えた気がするくらいだった。

小さな神社がある坂をあがると見えてくる白くて大きいマンションは、私から見るととても贅沢《ぜいたく》で幸福な場所に見えるが、実際に住むと、スーパーはないし、土日になると歩いている人はほとんどいないし、どこか薄気味悪い気持ちで暮らしていると樹里はいう。

３ＬＤＫの部屋の中はアンティークの家具で埋め尽くされている。旦那のいとこが離婚して家を売却した際に、処分するのが面倒だからと言われて貰《もら》ったものだという。家具くらい自分で選びたかったのに、と樹里はぼやくが、かなり質のよさそうな家具たちの中で座る樹里は、子供のころ遊んだドールハウスのお姫様のように見える。

樹里の子供は、オーガニックのタオルケットに包まれて、ベビーベッドで心地よさそうに眠っていた。

授乳中の樹里はノンカフェインのお茶を、私は紅茶を飲んで、樹里の作った桃のタルトを一緒に食べた。

子供を横目で見ながら、樹里が溜息《ためいき》混じりに言った。

「私、本当は雨音と結婚したかったわ」

「え？」

瞬《まばた》きすると、樹里が肩をすくめた。

「だって、今、精子提供者なら精子バンクで十分じゃない。パートナーを選ぶ基準って、収入と家事の分担のバランス感覚の一致、信頼できそうな人か、雑談相手に向いているか……それくらいの直観がほとんどでしょ。男友達と結婚するより婚活サイトやパーティーで条件だけをみて相手を探す人のほうがずっと多いし。私たち、直観だけで一生を添い遂げる相手を選んでるのよ。だったら、高校時代からの親友と家族になったほうがずっといいわよ」

「まあ、そうだよね。私も同性婚が認められてれば、樹里と結婚したかったな。ずっと知ってるから安心だし、子育てや家事も分担できるし。ユキとナオミは、それで海外に行って結婚したよね」

「そうそう。でも、そこまでするのも大変じゃない」

「うちの国は、どうしていつまでたっても男女の結婚しか認められないのかなあ。時代に合ってない気がするよね」

樹里の濡れた目が、笑いながら細くなり、真っ白な瞼の下で穴のような黒い瞳が潰《つぶ》れていく。

「そんなの、子宮が女にしかないからに決まってるじゃない。男同士の夫婦に子供ができる仕組みができたら、男女の結婚はぐっと減るだろうな。男だって、本音では男同士で気楽に結婚したほうがいいって思ってるに違いないもの」

「そうかな。そうかもね」

確かにそうだ、と想像して、私は頷いた。

私たちの世界はたやすく変化する。今現在だって、高校の部室で樹里と話していたころよりだいぶ変化している。あのころより、セックスする人はさらに少なくなった。ヒトと恋をする人はそれなりにいるが、年下の世代ではそれも減っていると聞く。

「きっと、これからどんどんそういう世界になっていくわ。予感がするの。あと100年遅く生まれていたら、絶対に雨音と結婚してたのに」

外から突然、強い雨の音が聞こえた。

「スコールみたいね。夏の匂いがするわ」

樹里が呟いた。私はあっという間に雨に濡れていくガラスの向こうの街を、ぼんやりと見つめていた。

雨の音を聴くと、夫はいつも「雨音さんが生まれた日の音だね」と言う。そのせいで、なんとなく、聴いたこともない自分の産声《うぶごえ》がそこに重なって聴こえてくるような錯覚を覚える。夫も雨の音を聴きながら、私の産声の幻聴の中にいるのだろうか。離れていてもこうして五感を共有しているのが、家族なのかなとふと思う。

点けっぱなしになっていたテレビの中では、千葉県のニュースをやっていた。

「ずいぶん変わっちゃったね。私たちが出会った街なのに」

「仕方ないわよ。千葉県は実験都市になったんだから。私も雨音も親はもうあそこには住んでないし、帰る場所なんてないじゃない」

感傷的な私に比べて、樹里はそっけなかった。

「まあ、そうだけど。何だか変な気分だな」

「故郷がなくなるのはいいことよ。未来だけ向いて生きていけばいいんだから」

そのとき、タオルケットに包まれて眠っていた樹里の娘が泣き声をあげた。

「あらあら、お腹がすいたのかしら」

樹里は立ち上がり、娘を抱き上げた。樹里の腕の中ですぐに娘は泣き止み、無邪気な笑い声をあげた。

「気まぐれなものね。もう笑ってるわ」

微笑んで娘の顔を覗き込む樹里は、すっかり母親の顔をしていた。


外はにわか雨が止んで、濡れた灰色のグラデーションの世界だった。

私は樹里の家で食事とタルトをごちそうになって、休日出勤から帰ってきた樹里の旦那に挨《あい》拶《さつ》をして、早々に家を出た。せっかくの日曜日、家族水入らずの時間に長居するのは悪いと思ったからなのだが、樹里の旦那がちょっと苦手だというせいもあった。

樹里の旦那は樹里と同じ考えの持ち主で、誰ともセックスはしないし、あんな意味のないものはいつか消えていくといつも言っている。樹里と二人で話しているのを聞いていると、恋とセックスを繰り返す自分がなんとなく責められているように感じてしまうのだ。

家の最寄駅について、時計を見るとまだ三時だった。天気はよく、夫は今日もデートなので家には誰もいない。私は、自分もデートをしようと、家とは逆方向に向かって歩き始めた。

家から少し歩いたところに小さな川がながれていて、その川沿いは天気のいい日に散歩をするのにちょうどいい。

私は鞄からプラダのポーチを出し、そのチャック部分についているプラスチックのキーホルダーを取り外した。オレンジ色の髪をして微笑んでいるのは、今の恋人であるクロムという男の子だ。私はそのキーホルダーを少し撫でると、そっと手の中に握りこんだ。

クロムは未来警察の男の子で、タイムマシンに乗っていろんな時代の世界の秩序を守っている。火曜の深夜はクロムに会える日なので、心待ちにしていた。

こうして、「あっちの世界」の人とデートをする人は珍しいと、よく高校のころ友達に笑われた。皆、娯楽のように、「キャラクター」との恋を楽しんでいる。私は、ずっと苦しかった。クロムの目を見ると、身体を繋《つな》げたくなる。抑えきれない激情に、いつも蝕《むしば》まれている。

こんなにも恋をするのは、あの赤い部屋の呪いなのではないかと思うことがある。

今でも、雨が降ると、濡れたコンクリートが赤黒く見えてぞっとすることがある。

気持ちを落ちつけようと、私はクロムを強く握りしめた。

微かに冷たいプラスチックが、手の中でゆっくりと温まっていく。40人の恋人のうち、一番今自分の中で気持ちが強い恋人は、特別にポーチの中から取り出して、チャックの部分に取りつけるようにしている。なので、こうしていつでも彼の顔を見ることができるし、手を繋ぐこともできるのだ。

結婚してから4人ほど、ヒトの恋人とも手を繋いでここを歩いたことがある。生身の手はそれはそれで風情があるが、こうやってヒトではないものと手を繋ぐのにも、独特の多幸感がある。

ヒトとの恋愛は、うっかりするとすぐにマニュアルじみてしまう。そろそろ手を繋ぐ時期だとか、キスをしたら次はこうするべきだとか。それは二人の肉体が決めることだとわかっているのに、ついつい、頭に染みついたマニュアルに従いそうになってしまう。

ヒトではないものとの恋は、工夫することから始まる。どうすれば手を繋げるのか、どうすればキスができるのか。ありとあらゆる方法で、自分の肉体を使って相手にアクセスしようとする。爪《つめ》も髪も耳たぶも、相手を肉体で感じ取るための道具になる。

こうして「手を繋いで散歩をする」のも、試行錯誤の末に手に入れた方法だ。私はクロムと手を繋ぎながら、ゆっくりと川沿いを歩いた。

今は彼のことが一番好きだが、ポーチの中の恋人たちもすべて好きだ。ヒトとの恋愛と違って、お話の中に住んでいる人との恋は、終わったり消えたりすることがない。おさまったつもりでも、いつでも恋情は身体の中に冷凍保存されていて、なにかきっかけがあると簡単に再燃する。

恋人がたくさん入ったポーチを見ていると、自分の人生はなんて豊かなのだろうと思う。この小さなポーチの中こそ、自分の魂が生きてきた「世界」なのだと思うこともある。

ヒールの低い靴が、柔らかい草の中に沈んでいく。土の匂いと水の匂いが混ざり合う。その香りが、クロムとのデートの記憶に染みこんでいく。

川辺には座り込んでいる男性と、犬の散歩をしている女性と、風景の写真を撮っている老人がいた。皆一人に見えるが、実は私のように、ひっそりとヒトではないものとデートをしているかもしれない。

ついこぼれた私の微笑みに同意するかのように、クロムのキーホルダーについた金具がかちゃりと揺れた。

ふっと内臓が熱を持ったのを感じた。皮膚の内側の細胞が、クロムの存在を感じたがっている。

私は急ぎ足で家に帰り、夫がいないことを確認すると、自分の部屋で貪るようにクロムと「セックス」をした。

水内くんや樹里にいくら言われても、私はこの行為を「セックス」と呼ぶ。目を閉じると、私の皮膚の中にはクロムしかいない。クロムだけが、私の内臓のすべてを支配している。

体中の血管が熱線になったように、痺《しび》れるような熱で全身を縛《しば》られている。クロムの存在と私の肉体が繋がっていることを感じる。そのためだけに、この行為を繰り返しているのかもしれない。

母は、ヒトではないものに恋をする人々を小馬鹿にする。

「楽で綺麗な、楽しい世界に閉じこもっているだけよ。私のほうがずっと素晴らしいわ」

どこが楽で、綺麗なのだろう。私は欲望にまみれていて、苦しくて、醜くて、それなのにいくら無様でもクロムと身体を繋げずにはいられない。

熱を嘔吐《おうと》するように、私は達した。水内くんが流していたような透明な液体と同様のものが、私の膣《ちつ》の中から、気体になって吐き出されていく。水内くんと違って目には見えなくても、自分の肉体から蒸気が出ていくのを、身体で感じている。

行為が終わると、クロムはまた「あっちの世界」へ行ってしまう。そして触れることはできない。

クロムに焦《こ》がれる気持ちを、何度こうして蒸発させても、身体の中から尽きることはない。熱を吐き出したあとも、全身の血管を熱湯が流れているような感覚はおさまらなかった。クロムのキーホルダーを握りしめながら、私はそっと瞳を閉じた。


夫がデートへ出掛けた祝日の日、私は母が住む横浜の家に向かった。

千葉が実験都市になり、そのまま都市に残る人と千葉を出る人に大きく分かれた。母は実験が始まった十年近く前からここに住んでいる。ワンルームだが、私と夫が住んでいるのよりかなり綺麗な新築のマンションだ。

部屋に入ると、相変わらず赤い家具が並んでいた。私は趣味の悪さにうんざりとしながら、ソファに座る母に声をかけた。

「お母さん。調子はどう？」

「それがねえ、まだ腰が痛くて台所にもろくに立てないのよ」

母は歳を取って、動きがのっそりとするようになった。

以前はきびきびと家の中を動き回っていたのに、今はどこか、体力の消耗を抑えるような、冬眠前の熊に似た緩慢な動きをしている。そのせいか母はますます太った。脂肪に包まれた身体を見ていると、この母が若いころ、恋愛結婚をして私を産んだという話が、すべて妄想で、母の作り話なのではないかと思えてくる。

あまり会いたい母ではないが、歳をとって寂しいのか、「腰が痛い」だの「頭が痛い」だのと電話をかけてきて、週末や会社帰りに顔を見せるように促してくる。夫も一緒に連れてこいというのだがそれは断り、二、三か月に一度は顔を出すようにしていた。

「歳をとるとだめねえ。あんたも早く孫の顔見せてくれないと、私ももう先は長くないかもしれないんだから。今日は朔さんはどうしたのよ？　一緒に来てほしかったのに」

「朔くんは今日はデートよ。お母さんの愚痴《ぐち》を聞きにわざわざ横浜まで来るほど暇じゃないのよ」

デートと聞くと、母は顔をしかめて、「ああやだ、汚らわしい」と吐き捨てるように言った。

「まあでも、子供ができれば朔さんも変わるわよ。あんたも、仕事の休みのタイミングがどうとか言っていないで、ちゃんと子作りしなさいよ。私があんたくらいの歳のころにはね、もうちゃんと小学校に通ってるあんたを育てながら働いてたんだから」

「そうね。でも、私と朔くんにも、二人で話し合ったタイミングがあるから」

面倒なので台所へ行き、冷蔵庫を漁《あさ》って、野菜を取り出した。

母とあまり会話したくないので、この家に来ると私はいつも台所で食事を作る。母も、「ああ、腰が痛くて台所にも立てない。ろくなものが食べられない」と言っているので、料理をしてやると少し機嫌が良くなるのだ。

茄子《なす》を味噌《みそ》で炒《いた》め、大根を、冷凍されていた合いびき肉を使ってそぼろ煮にし、味噌汁と一緒に出すと、「なんだか野菜ばっかりねえ」と文句を言いながらも、テーブルについて大人しく食べ始めた。

母と一緒に食事をする気がしなくて、私はお茶を飲みながら、母が黄ばんだ歯で私の作った食事を咀嚼《そしやく》するのを眺めていた。

ここにいると、幼少期、母の作った箱庭の中で育てられていた時間に引き戻されるような感覚がある。だから、この赤い部屋を出て、早く自分の住む正常な世界へ戻りたくなる。

母の本棚には相変わらず古い本が並び、時間が止まったかのようだ。母は私と夫が人工授精をするのだと、ちゃんと理解しているのだろうか。母を見ていると、私と夫も自分のように交尾をして子を作るのだと思い込んでいるように思えて、おぞましい気持ちになる。

「ああ、こんなんじゃ足りないわ。あんた、もっと何か作ってよ」

こんなんじゃ足りない、と母はすぐに言う。母の口の中にはまだ咀嚼しきれていない、溶けかけた米が見える。

母は、自分の信じる異常な世界を、摂取したくてたまらないのではないかと思うことがある。妻と夫が近親相姦《きんしんそうかん》をして、交尾する世界。母の集めた古い本や映画だけでは、母は母の信じる世界を維持できなくなってきて、私と夫から自分の望む世界を摂取しようとしているのではないか。そう思うことがある。

「まだ足りないってば」

聞こえていないと思ったのか、口から米粒を飛ばしてそう繰り返す母から目をそらし、吐き気をこらえながら、私は再び台所へと向かった。

夫より私のほうが家を出るのが早いので、朝食はそれぞれとることにしている。私はトーストとスクランブルエッグで簡単に済ませ、早起きして作った弁当を持って日本橋の会社へと向かった。東日本橋から日本橋へは、電車で五分ほどだ。歩いてもいいが、つい電車を使ってしまう。

会社では朝礼から一日が始まる。だるそうな顔をして注意されるのも嫌なので、暗記した社訓を唱和し、交代で行われる社員の三分間スピーチを聞き、上司の言葉を聞いて、真面目な顔で朝礼を終え、仕事にとりかかる。

今日のスピーチの担当は部長だったので、なおさら背筋が伸びた。午前中は単純作業の楽な仕事がまわってきて、淡々と資料作りをした。

単純作業のほうが好きだが、時間がたつのは遅く感じられる。ようやくお昼の時間になったときには、座りっぱなしの腰が痛くなっていた。

会社が狭く、デスクでの弁当禁止というのもあり、隣の部署の女性社員と一緒に一番大きな会議室で輪になって食事をするのが慣例になっている。昼休みまで気を遣わなくてはいけないので仲のいい後輩のアミちゃんと外で食事をとることも多いが、今日は給料日前で、お互い金欠だということで、他の部署もあわせた八人ほどで会議室を占領して食事をしていた。

「あ、ごめんなさい、ちょっと私、家に電話してきます」

隣の部署の女性が急いだ様子で立ち上がる。

「子供が熱、出ちゃったみたい。母が面倒見てくれてるんですけど、ママの声が聞きたいって」

「わ、大変。子供ってすぐ高熱出すからね。今日は余裕あるし早退してもいいよー」

「ありがとうございます、たぶん大丈夫だと思うんですけど……」

携帯を持って慌《あわ》てて会議室を出ていくのを見送って、残された女性社員は顔を見合わせて溜息をついた。

「小さい子供がいると大変ですよね。うちは育休とりにくいからなあ」

「朝礼なんかやってる暇あったら、そっちをしっかりして欲しいですね」

私とアミちゃんの溜息混じりの言葉に、皆が頷く。

「これでも昔と比べるとだいぶ良くなったみたいなんだけど、まだまだだよねー。雨音も、確か子供希望だったよね」

同期の女性から急に話を振られて、私は慌てて頷いた。

「うん、そう。でも、うちは夫が育休とる予定だけど、産休はどうしても私がとるしかないし……来年には部署を異動できるから、そのタイミングで人工授精始めようと思ってるの」

「そっかー、でも産休だけで済むならうちの会社でも戻って来れるよね。旦那さんの会社がしっかりしてるといいよね。ほんと、男も産めたらいいのに」

同期の女性がうんざりとした口調で言うと、アミちゃんがコンビニのサラダをつつきながら顔をあげた。

「でも、実験都市ではけっこう、着床の成功例も出てるんですよね？　そろそろそういう時代が来るんじゃないですか？」

アミちゃんの言葉に、同期の女性は肩をすくめた。

「そうだけど、あれって、国のお金でしょー。たとえ成功しても、私たちがやろうとしたら保険なんかきかないだろうし、莫大なお金がかかっちゃうわよ。個人ができるようになるのなんて、当分先のことじゃない？」

今の時代、結婚は、子供が欲しいか、経済的に助け合いたいか、仕事に集中したいので家事をやってほしいか、そういう合理的な理由ですることが多い。もちろん、単にパートナーが欲しくて結婚する人もいるが、だったら友達と暮らしたほうが気楽だという人も増えている。

家族というシステムは、生きていく上で便利なら利用するし、必要なければしない。私たちにとってそれだけの制度になりつつあった。

結婚する人の割合はどんどん減っていると、周りを見ていても感じる。先日のニュースでも、三十代で結婚している人口は35％になったとやっていた。

「私は子供はいらないから結婚考えてないいんだけれど、他にメリットある？」

同期の女性に無邪気に聞かれ、私は首をかしげた。

「うーん。でも、家に人がいるのって、なんだろう、精神的にいいものたくさんもらえるよ。人生に絶対的な味方がいる感じっていうか……私は、けっこうメリットあると思うけど」

アミちゃんが身を乗り出した。

「でも、それだけだったら友達とルームシェアでよくないですかー？　女同士のほうがわかりあえますし」

アミちゃんの意見に、隣に座っていた若い女子社員が唇を尖らす。

「いや、やっぱり家族はいいですよー。友達と違いますよ。心を許せる本当のパートナーがいると、人生違いますって」

「そうですかー？　子供が欲しいとか経済的に、とかならともかく、理由なく他人を家にいれる必要なんてなくないですか？」

「えー、でも私は子供なし希望ですけど、相手探してますよー。ちゃんと法律で繋がってるパートナーが欲しいですー」

アミちゃんと若い女子社員のやりとりに、同期の女性が笑った。

「それだったら、友達と結婚したいなー。同性婚、認めてくれればいいのにねー」

アミちゃんが大きく頷いた。

「あ、それは私も思いますー。同性婚できるならこの子と結婚したい！　っていう親友と、よく話してますもん」

皆の意見を聞いていると、私は母に呪われているのだろうか、と思ってしまう。

あの赤い部屋で、結婚は愛し合う二人がするものだ、家族になるというのは素晴らしいことだ。母は私が保育園のころ、いつもそう言って聞かせた。そのことに縛られて、皆のように自由な発想ができずに、異性と結婚してしまったのではないかと思うことがある。

「雨音さんは、旦那さんと婚活で出会ったんですよねー。私も、パーティーとか行ってるんですけど、よくわかんなくて。子供を産むつもりで、この会社の給料じゃ一人じゃ育てられないしパートナーを探してるんですけどー。何を基準に選んでいいかわかんないんですよね。雨音さんは、どうやって選びました？　あ、子供が目的ならひょっとして精子の質とかですか？」

若い女子社員が今度は私に向かって身を乗り出す。最近は、お互いの卵子と精子のデータを見せ合って結婚を決めている人もいるらしい。一緒に暮らすのに心地よいかどうかだけでは決定打にならないので、科学的なデータがあったほうが絞りやすいとのことだが、それでは精子バンクと大して変わらない気がして、私はいまいち腑《ふ》に落ちない。

「いや、なんとなく気が合ったから、かなあ」

「え、それだけですか？」

「うーん……」

言葉に詰まった私は、苦笑いを浮かべた。

「自分ではわかんないんだよね。逆に、どうしてそんなに子供が欲しいの？」

私はこういうとき、相手に尋ね返すことにしている。そこに自分と同じ理由があるかもしれないと思うからだ。

若い女子社員は、あっさり言った。

「私は、老後のためですかねー、やっぱり」

「今時、子供なんて年金よりあてになんないわよー」

この中で一番先輩の女性が、からかうように言った。先輩の子供はもう小学生だ。子供がいない私たちのやりとりが、くだらなく感じられているのかもしれなかった。

「先輩は、どうして子供を作ったんですか？」

私が尋ねると、先輩は肩をすくめた。

「私も、三十までは産まないつもりだったんだけどさ。なんか、産まないなら産まないで、手持ち無沙汰じゃない？　会社にやりがいがないから、一つライフワークっぽいことがしたかったの。それに産んだ子はやっぱりいいよ、自分の血をわけた子はちがうよー！」

「そうなんですか」

「そうそう。雨音ちゃんも、子供できたらわかるよー、絶対！」

先輩は何度も頷きながら、コンビニのパスタをプラスチックのフォークでつついた。

私、実は交尾で生まれた子なんですよ、と今ここで言ってみたらどうなるだろうか。

「昔」はそれが普通だったことは、知識としてはうんざりするほど知っている。けれど、今はもう私たちは、そのときとは別の形の生き物になってしまっている。

私は、赤い部屋のことをぼんやり思い出した。あの部屋の中に充満していた価値観が、ずっと外まで続いていた世界。それは薄気味悪くも思えるが、今だって、一つの価値観に支配された密室に閉じ込められているという意味では、大して変わりはない。

フォークの先でプチトマトが潰れ、弁当箱の中を淡い赤色が飛び散った。


次の休日、夫は朝からデートへと出かけて行った。

私は今日は家で過ごそうと、西側の部屋を掃除していた。

将来、子供部屋になる予定の部屋が、今は物置になってしまっている。積まれている雑誌やら着ない洋服などをまとめて捨てようと思った。

雑誌をまとめて運んでいると、マンションのごみ置き場に縛られた古い童話が見つかった。

点子ちゃんとアントン、雪の女王、くるみ割り人形……特に、束になって縛られている『おちゃめなふたご』シリーズは大好きでよく読んでいたものだ。

懐かしくなって、つい、ごみ置き場から引きずり出して表紙を眺めていると、後ろから声がかかった。

「あ、それ、いりますか?」

振り向くと、Tシャツにハーフパンツというラフな恰好《かっこう》の、浅黒い肌の男性が立っていた。

「いえ、懐かしくてつい……すみません」

慌てて本から離れると、男性は顔をくしゃくしゃにして笑った。

「あ、これ、読んだことありますか? 俺も小さいころ、よく読んだんですよ! なんかうれしいな」

「このシリーズをですか?」

これは寄宿舎の少女たちの話だ。男性が読んでいたのが意外で、思わず尋ねてしまった。

「あ、やっぱり男はあんまり読まないですよね! 俺、今ではこんなにガタイ良くなっちゃいましたけど、子供のころは身体が弱くて、よく入院してたんですよ。で、入院生活がつまんないから、それ読みながら、ここは病院じゃなくて寄宿舎なんだ、って想像して遊んでたんです」

「そうなんですか。いいですよね。私も憧れました。真夜中のパーティーのシーンが大好きでした」

男性は大きな目を細めて言った。

「あ、うれしいな、俺もそこ大好きです。食べ物も聞いたことがないものがたくさんあって、憧れたなあー」

「捨てちゃうんですか？」

男性は困ったように笑った。

「置き場所がなくなっちゃったんですよね。家、狭くって。でもガキのころから思い入れのある本だから、最後に表紙をもう一度見ようかなーって思って、降りてきたんです。そうしたら、他の人がじーって先に表紙を見つめてたから、びっくりしたな」

「すみません。人の物を勝手に……」

恥ずかしくなって頭を下げると、「え、謝らないでください、俺、うれしかったんです。すごく大切な本だから、捨てちゃうより誰かが読んでくれないかなって。だから図々しく、いりますかなんて言っちゃって、俺のほうこそすみません」と申し訳なさそうに、男性も頭を下げた。

「じゃあ、お言葉に甘えて、いただいていいですか？　もう一度読み返したくなってしまいました」

「え、本当ですか！　やった、なんかすごいうれしいです」

「今度、お礼に伺います。何号室の方ですか？」

男性は首を振って、「まさか！　捨てた物だからお礼なんていいですよ。俺のほうがお礼したいくらい！」と言い、「あれ、俺、何か変なナンパみたいになってます？　俺、このマンションの504号室です。怪しい者じゃないですよ」と慌てて言った。

「私は601号室です。私も怪しい者ではないですよ」

「あ、六階かあ。猫住んでませんか？　首輪に605ってついた猫がよく、ベランダに来るんですけど」

「あ、うちにも来ます。真っ白で可愛いですよね」

「やっぱり！　あの猫、マンション中をうろうろしてるのかな」

男性は笑った。笑い上戸《じょうご》なのか、「ごめん、なんか想像したら止まらなくなっちゃいました」と笑いながら、「よかったら、お部屋の前までお持ちしますよ。重いですから」と本を持ち上げた。

軽々と本を持ち上げる腕は筋肉質で、Ｔシャツごしに、胸の筋肉の形がかわるのが見えた。

「それで、こんなに本があるんだね」

夜にデートを終えて帰ってきた夫がうれしそうに言った。

「なんだか映画みたいだな。どんな人だった？　好きになりそう？」

「ならないよ。なんか、スポーツやってそうな筋肉質な人だったよ。あんまりそういう人と恋愛したことないし」

「わからないな。雨音さんは、好きになる人のことを必ず、最初はそうやって言うから」

夫は私の恋の話を聞くのが好きなので、新しい恋愛をしてほしいらしい。こんなところは、妹のようでもある。

「私の恋愛話を聞くのが好きだね」

「だって、いつも幸福だから。自分がしんどいときって、ほら、馬鹿みたいなハッピーエンドの恋愛映画とかが観たくなるじゃない？　あの感覚に近いかな」

「馬鹿みたいって、失礼な」

私は夫をふざけて小突いてみせたあと、彼の顔を覗き込んで「大丈夫？」と囁《ささや》いた。だいぶ頬がこけてしまっている気がする。

「……うん、僕は大丈夫。昨日、彼女と喧嘩になったんだ」

「何かあったの？」

「何もない。それなのに喧嘩になるんだ。いくら愛し合っても、僕には彼女が足りなくて、彼女には僕が足りなくて、二人とも情緒不安定になる。僕はいつもそういう恋愛をしてしまう。恋愛の歯車を、どこかで壊してしまうところがあるのかな」

「そう……」

「わかっていても、また好きになるんだ。今度こそって思ったのに、また二人とも泣いてる。

互いに好きなのにね。何でなのかな」

「うん……どうしてだろうね。私は、ヒトとの恋は、『あっちの世界』の人との恋に比べると、だいぶ楽だよ。触れるし、喋《しゃべ》れるし、飢餓感が少ないんだ」

「だから、雨音さんの恋の話を聞くのが好きなんだ。いつもハッピーエンドに向かって続いていく、幸せな物語だから」

小さく笑った夫の頭を、「大丈夫だよ。きっと、誠実に気持ちを伝えあっていれば、関係が落ち着くときがくるよ」と言いながら撫でた。

「……雨音さんと結婚してよかった。家族になるって、正直よくわからなかったんだ。他人が一緒に暮らし始めて、それで家族っていっても、利害関係が一致するだけだと思ってたんだ。でも、雨音さんとは『一緒に生きてる』感じがする」

「そうだね。私も、そうだよ。家の中でくらい恋愛のことは忘れて、のんびりしなよ」

「……ありがとう」

夫は小さく笑った。

「家の外は、僕の恋と性欲で汚れている。家の中でだけは清潔な僕でいられるんだ」

夫の恋人は一人暮らしだ。子供を産む意思がないのだろう。最近は、特に子供が欲しくない人は結婚をしない場合が多い。子供を産まないのなら気の合う友人とルームシェアをするか、一人のほうが気楽だという考え方のようだ。

女性と夫の仲を取り持ってあげられたらいいのだが、家族がいきなり自分たちの恋愛に口出ししてくるのも鬱陶《うっとう》しいだろう。私は夫の話を聞いてあげることくらいしかできなかった。

「食事にする？　今日は暇だったから、カスレを作ってみたんだ。あと、冷やして食べようと思ってラタトゥイユも作った」

煮込み料理は夫と私の好物だ。平日は夫が料理をするが、土日で夫がデートをしない日は、二人で並んで鍋を使って煮込んだり、交互に台所に行ったりと、力を合わせて「ごちそう」を作る。

掃除は私が担当し、洗濯は週末に纏《まと》めて乾燥機にかけてしまう。掃除も毎日ではないので、家事の負担が夫にやや重くかかっている気がして、たまに暇な日は、デートで疲れて帰ってくる夫に手料理を振る舞う。寝室は別々だが、そういう日は猫のように寄り添って、ソファで寝てしまったりする。

カスレを温め直しながら、私は夫に微笑みかけた。

「やっぱり家の中は安心するね。外では恋ばかりしてるから、私たち」

夫はどこか陶酔したような顔になり、

「そうだよね」

と頷く。

「恋愛なんて下半身の娯楽だって、聞いたことがあるよ。確かにそうだよな。やっぱり人生で一番大切なのは、家族だよ」

「そうだよ。当たり前だよ」

その下半身の娯楽に振り回されている自分たちの姿を冗談にするかのように、私たちは笑って「家族」「家族」と何度もその単語を口にした。

「家族のことを考えてると安心するよね。自分にはそれがあるんだって思うと、外で多少のことがあっても平気だなあ」

「僕たちにはいずれ子供もできるしね。楽しみだな、そうしたら家族が忙しくなって、恋愛なんかで時間つぶししている暇はなくなるよね」

「そうだよね。何といっても、私たちの遺伝子を引き継いだ命を育てるんだもん。新しい家族が増えるなんて、楽しみだよね」

恋愛という宗教に苦しめられている私たちは、今度は家族という宗教に救われようとしている。本当に身体ごと洗脳されたら、やっと「恋愛」を忘れられるような気がする。

「命を育てるって、人生で一番大切なライフワークだよね。家族を作ってよかったなあ」

私たちは笑い合いながら、温めたカスレをお皿に入れて食卓に座った。

「家族」と口にするたびに、自分が何かを祈っているような気持ちになる。

きっとこれは、宗教なのだと思う。その言葉を口にするたびに、私たちは信心深い信者になっていく。

夫は「家族」の話に話題が変わってから、顔色が少し良くなったように見えた。夫を苦しめている恋を、「家族」である私や未来の子供が救っている。そのことは美しいことだと、恍惚《こうこつ》として思った。

私と夫は子供を産むために互いに便利だから、という理由で結婚という契約をした。けれど、夫は精子を提供するだけの他人ではない。やはり家族なのだ。

システムの中に自分たちがきちんと組み込まれていると思うとほっとする。やっぱり家族システムは、便利だから利用している、というだけではなく、そこになにか確固たる絆《きずな》を生むものなのだ。

恋と性欲は、たしかに、家の外でする排泄物のようなものだ。それでも発作のような寂寥感《せきりようかん》に苦しめられる夜は、私たちは寄り添って、お喋りをして過ごす。心の中の膿《うみ》を吐きだすこともあれば、くだらない話をし続けることもある。

そうしていると、お互いの人生にお互いが寄り添っていることを確認できて、ほっとする。自分にはとにかく「家族」という絶対的な味方が存在しているのだと、必死に自分に言い聞かせているようでもある。きっと一生、互いが抱えるこの恋という発作の苦しみを、共有しながら生きていくのだろうとも思う。

自らに暗示をかけるように、私たちは「家族」の話をし続けた。

「ベビーベッドは寝室に置きたいから、あの西側の部屋を使うのはまだだいぶ先だよね」

「子供は一人の予定だけれど、もしすごく可愛かったら二人欲しくなるかもね。そのときは、このマンションじゃ狭いかなあ」

「お金が貯まったら、郊外に引っ越そうよ。自然が多い所のほうが子供は遊びやすいだろうし」

「男の子と女の子、どっちだろうね」

「どっちでもいいよ。僕たちの子ならきっと可愛い」

産休をとって子供を産んだら、三歳になるまでは夫が育休をとる予定になっている。夫の会社のほうが福利厚生がしっかりしていて、育休のあとも復帰しやすいのだ。

「僕が産めたらいいのにな。そうしたら、産休と育休をとって、雨音さんは会社を休まずに済むのに」

「本当にそうだよね。人工子宮の実験、どうなってるんだろ」

「やっぱりなかなか難しいらしいよ。動物の子宮を使ったほうがラクだって」

「ふうん」

そうしたら、私の卵子と夫の精子を受精させて動物の子宮に埋め込み、豚や牛の中から赤ん坊を取り出すような時代が来るのかもしれない。子宮の意味がなくなっていくなあ、とぼんやり思った。

「子供の話をしてると明るくなるね」

「新しい命が家に灯るのって、なんか家族っぽいよね」

「うん、やっぱりいいよね、命を繋いでいくって」

私たちは食事を終えると、デザートのプリンを食べてからソファで一緒に眠った。夫の体温は、犬や猫のそれと似ている。私たちは互いの体温を生活の中で飼っている。そのことに安堵《あんど》しながら、眠りの中に落ちて行った。


翌日はいつもより二本早い電車に乗り、会社へ向かった。

今日は私がスピーチの担当だった。

朝礼のあとスピーチをして、主任にもっと簡潔にと注意され、緊張とストレスでどっと疲れた。

私は鞄を持ってトイレに行き、プラダの黒いポーチをあけて中にいる40人の恋人を覗き込んだ。

中には小さな缶バッヂやキーホルダー、雑誌のスクラップなどがぎっしり詰まっている。私の愛した七〇〇〇歳の男の子、不老不死の戦士、警察からの秘密の指令に従う少年探偵、宇宙船の操縦士、生まれたばかりで力がコントロールできない人造人間、龍に乗って敵と戦う王子……彼らがひしめきあう様子を見つめると安堵する。

彼らの姿を見つめ、携帯で、クロムが出てくる動画を見ると、元気を取り戻した。

トイレから帰ると、彼らに励《はげ》まされている気がして、仕事に集中できた。ミスもなく、難解な資料もなんとか午前中に作ることができた。

昼休み、後輩のアミちゃんが、「今日は二人だけで外で食べませんか？」と誘ってきた。

私も、主任の顔などは見たくない気分だったので、すぐに同意した。

会社から少し離れた蕎麦屋《そばや》で、アミちゃんは溜息をついた。

「午前中、リーダーにこっぴどく叱られちゃって。もう早退したいですよ」

「まあ、わかるけど。ちょっと言い方がきついよね。リーダー、今日ちょっと機嫌悪かったんだよ。朝礼のあと、部長と揉《も》めてたらしくて。災難だったと思って、あんまり気にしないほうがいいよ」

アミちゃんの表情は明るくならず、食欲もあまりないようだった。

「日常って、しんどいですよね。私、午前中はずっと『ブルースナイパー』のこと考えて過ごしてたんです。昨日の戦いかっこよかったなあとか、新しいオープニング最高だったなーとか。なんか、そういうことに救われてる。生きてく元気をもらってるんですよね」

今人気のあるアニメーションの名前をあげて溜息をつくアミちゃんに、私は大きく頷いた。

「私もそうだよ。生きる気力もらってる。現実逃避だとかいう人もいるけど、違うよね。むしろ、そこから心に栄養もらってるおかげで、現実を生きていけてるんだから」

私の言葉に、アミちゃんは意外そうに首をかしげた。

「え、でも雨音さん、旦那さんがいるじゃないですか。家族いる人って、それが力の源だっていいませんか？」

「まあそうだけど」

「でも元気をもらうのは、キャラからなんですか？　それじゃ、なおさら、雨音さんの中で『家族』って何なんですか？」

「そりゃ、家族は別だよ。もちろん、一番そばにいて、支えてくれる存在だよ。ただ、私は今まで愛してきた、物語の中の恋人たちのことも、尊重したいし、大切に想ってるってだけ」

少し焦って返事をしたせいか、舌がもつれた。

そうだ、夫だって私に生きる活力を与えてくれている。だって彼は私の『家族』なのだから。

「そうですよね。ちゃんと家族がいる雨音さんとはもちろん違うと思うんですけど、私、好きなキャラには本当に生きる力をもらってて。たぶん、そういうのがなかったら、私、死んでます。だって、現実ってハードじゃないですか。少しも魂を休ませる場所がなかったら、壊れちゃうんですよ」

アミちゃんは言葉を止めて、ふっと不思議そうな顔で私をみた。

「あ、でも雨音さんはヒトの恋人も作るんですよね。両刀？　っていうんですか？　珍しいですよね、最近」

「……そうかな、私のまわりには結構いるけど……」

「ヒト同士って、やっぱりセックスとかするんですか？」

悪気なく聞いてくるアミちゃんに、私は苦笑いで答えた。

「……うーん、人によるみたいよ」

アミちゃんは私の返事はどうでもいいらしく、また自分の話へと戻った。

「私は、自分って矛盾してると思うんです。好きなキャラたちを愛してるのに、聖域なのに、彼らで性欲処理してる」

「性欲処理……あの、そんな言い方しなくても、そんなに悪いことだと思わないよ」

「でも、たまに突然我に返るんです。あ、私、一番好きな人のこと汚してるって。聖域なのに、そこでマスターベーションしてる。自分の一番大切なものを強姦してるんですよ」

「いや、それは好きだから自然なことだよ。物語の中の人にだって、恋をしたら、身体が繋がりたいって思うんだよ。純粋な感情じゃない。肉体が反応するほど大好きだってだけで、汚してなんかないよ」

「……本当にそうかなあ。私、ものすごくえげつないことを彼らにしてるんですよ？　恋とか愛なんて言葉で、その罪を誤魔化していいんですかね」

アミちゃんの言葉に、私は喉《のど》が詰まって返事ができなかった。

ラピスとセックスしたと言い張る私に、水内くんや樹里が困った顔で、それはマスターベーションだと言ったことを思い出す。

それでも、私は彼らとセックスをして、愛し合っている気持ちでいた。けれどそんなのは私の傲慢《ごうまん》で、アミちゃんが言うとおり、彼らを強姦してきただけなのだろうか。

黙ってしまった私に、アミちゃんが明るく言った。

「ごめんなさい、こんなこと雨音さんに言っても仕方ないですよね。私、雨音さんをランチに呼び出したのは、愚痴ったりこんなこと話したりするためじゃないんですよー。あの、最近、考えてることがあって。私、仕事辞めるかもしれないんです」

「えっ⁉」

驚いてアミちゃんを見ると、アミちゃんは慌てて言った。

「あ、もちろん、すぐじゃないですよー。でも私、子供欲しくって。ずっと前から考えてて、貯金してたんです。ここ、育休とっても復帰しにくいじゃないですか。だから仕事辞めて子供が保育園入るまでは貯金でなんとか頑張って、再就職先探そうかなって」

「そうなんだ……」

「といっても、まだ人工授精する病院も決めてないし、先のことなんですけどねー」

笑うアミちゃんに、

「パートナーは考えてないの？　貯金じゃ、大変じゃない？」

と聞くと、アミちゃんは渋い顔をした。

「それも一応考えたんですけど……私、家に他人がいるのってやっぱり嫌だなって。産んだ子ならまだしも、赤の他人なんかいないほうが、家の中が清潔じゃないですかー。あ、ごめんなさい、雨音さんに言ってるわけじゃないんですけど、私は無理だなーって。だから、子宮がある身体でよかったです。こういう選択肢があるんで」

「そっかあ……」

私は相槌《あいづち》をうつのがせいいっぱいで、それからはあまり食事も進まなかった。

子宮がある身体でよかった。という言葉が耳に残った。夫は、もしも自分にも子宮があったら私を選んだだろうか。私を家族だと言ってくれるのは、私に子宮があるからなのだろうか。

お腹がすいていたはずなのに、天麩羅《てんぷら》そばは最後まで食べられず、半分以上残してしまった。

アミちゃんは、そんな私の様子に気付かず、好きなキャラクターの話をいつまでも続けていた。

私は、彼女の清潔な世界で、生まれ育っていく子供のことを想像しようとしたが、ぼやけて、うまく赤ん坊の姿が頭に浮かばなかった。

小学校のころ以来、私は自分が交尾で生まれたことをほとんど誰にも話していない。夫にも言っていない。

樹里にだけは、そのことを打ち明けたことがある。

高校のときのことだ。

展示会が終わったばかりで、部室には私と樹里しかいなかった。樹里は真面目に絵を描いていたが、私は部室に置いてあるポットでティーバッグのお茶を淹れて飲んでいた。

「描かないなら、帰りなさいよ。部室の鍵は閉めておくから」

呆《あき》れたように言う樹里に、「もうちょっと」と言って、いつまでも窓の外を眺めていた。

「どうしたの？　何か話したいことでもあるの」

「……そういうわけじゃないけど」

私は俯《うつむ》いた。話を促すようにこちらを見た樹里に、私は小さな声で言った。

「……樹里のお父さんとお母さんって、どういう人？」

「普通の家よ。父親は仕事が忙しくてあまり家にいないけれど。母親は普通の専業主婦だし、たまに父と母がそれぞれ恋人を連れてきてホームパーティーをするけどね。それが少し面倒なくらいかしら」

「……そっかあ、仲良いんだね」

「父も母も、恋人と付き合って長いのよ。母と、父の恋人は年齢も近いし、いい友達みたいで、二人で旅行にも行くくらい仲がいいの。私は興味ないけどね。恋愛なんて、娯楽だと思っているから」

「……あのね、私、父と母が交尾して生まれたの」

「……え？」

「気持ち悪いと思う？　わざわざ病院で避妊器具を外して、夫婦で交尾して私を産んだの。父は私が物心つくころには別れて家にいなかったけど、母と近親相姦した人だと思うと、今でも気持ちが悪い。家に写真があるけれど、見ないようにしてる」

「……」

「ときどき、思うの。母は、私のことも呪おうとしてるんじゃないかって。私、ヒトとも恋愛するでしょう？　小さいころ、母に古い本をたくさん見せられて、いつか結婚をして、家族になった相手と近親相姦して子供を産むんだって信じ込んでいたの。そのあと、『正しい世界』を知ったけど、身体の中に呪いが残ってる気がする」

「……」

少し間をあけて、真っ直ぐに背筋を伸ばして筆を動かしたまま、樹里が言った。

「それが何？　関係ないわよ。今のあなたがすべてよ。それに、『正しい世界』も何も、100年前にはまかり通っていた価値観じゃない。100年前には正しかった世界から、100年後には正しくないかもしれない世界までタイムスリップした。それだけよ」

「……そうかな。私、確かめずにはいられないの。誰かを好きになると、その発情の形が、母と同じなんじゃないかって、確認せずにはいられない。自分のセックスが、母がしたような交尾とは違うんだって思うと、安心するの。だから、恋をすると必ず身体を繋げてしまう。汚いって思う？」

「思わないわ。でも、不毛だとも思うけれど。だって、正しい発情なんて、どこにもないもの」

「そうかもしれないけど、私は、安心して発情したいの。ヒトを好きになるたびに、母の呪いなんじゃないかって、ぞっとする。そんな繰り返しはもう嫌なの」

「だから、安心な発情なんてないのよ。人間はどんどん進化して、魂の形も本能も変わってるの。完成された動物なんてこの世にいないんだから、完成された本能も存在しないのよ。誰でも、進化の途中の動物なの。だから世界と符合していようが、いまいが、偶然にすぎなくて、次の瞬間には何が正しいとされるかなんてわからなくなっているのよ」

「……」

「私たちは進化の瞬間なの。いつでも、途中なのよ」

「……わからない。じゃあ、人間はいつ完成するの？」

「いつまでも完成しないのよ。クロマニヨン人だったころはそれが完成だと思われてただろうし、アウストラロピテクスだったときもそう。頭がい骨の形も、臓器の形も、手足の長さも、どんどん変わっているの。それに付随する、魂やら脳やらなんて、もっと容易く変化しているわ。正しさなんてものはね、幻影なの。追いかけてもしょうがないと思うわよ」

樹里はきっぱりと言い切り、「くだらないこと言ってないで、描かないなら部室の掃除でもしてよ。ほら、この前使った七宝焼《しっぽうや》きの道具、片付けて」と、部室の片隅を指差した。

「……人使いが荒いなあ」

そう答えながらも樹里の不器用な優しさを感じて、私は大人しく部室を片付け始めた。

樹里の描いている絵は静物画で、バックは青から黄色へとグラデーションしていた。

私も、あのどこかの「途中」の色なのだろうか。そんなことを考えるとなぜか目頭が熱くなり、俯いて自分の爪先《つまさき》を見つめた。

樹里は、それからその件について何も触れなかった。大人になって互いに結婚して子供の話をするようになっても、そのことが話題に出たことはない。

けれど、たまにぼんやりと思いだすことがある。あのとき樹里がくれた「途中」という言葉が、私を楽にしてくれた反面、だからこそ自分の真実をいつまでも確かめ続けたい、とますます強く思わされるようになった。

だから今も私は、恋をするたびに確かめてしまう。自分の「今」の性愛の形がどんなものであるのか、実験するように、この目で確認せずにはいられないのだ。


土曜日の昼間、私は同じマンションの504号室のチャイムを押した。

本のお礼を、先日会った男性のところへと届けに行ったのだった。

悩んだが、デパートで買った紅茶の詰め合わせにした。

もし留守だったら袋を下げておこうと思っていると、すぐにドアがあいた。出てきたのは彼の奥さんだった。

彼の妻は茶色い髪を巻いている途中だったのか、片側にホットカーラーがつけっぱなしになっていた。

「あの、突然すみません。同じマンションの者なのですが、先日、旦那様に処分する本をご厚意でたくさん頂戴《ちょうだい》してしまって……これ、ささやかですがお礼です」

彼女は一瞬きょとんとしたが、急に満面の笑みになって、私の服の袖《そで》をつかんだ。

「あ、ありがとうございます！ 夫から話を聞いてます。すごく素敵な人をナンパしたって！ まさかいらしてくださるなんてー！ ちょっと待っててください、部屋にいますから、すぐ呼んできますから！」

彼の妻は急いで廊下を走り奥のドアをあけ、「ミズヒト、ほら、この前の人！ 来てる！」とはしゃいだ声で言っているのが聞こえた。

しばらくどたどたした音がして、奥から、オレンジ色のTシャツに急いで袖を通しながら先日会った男性が出てきた。

「ごめんなさい、お待たせしました！」

「いいえ、こちらこそごめんなさい。ひょっとして、まだお休みでしたか？」

少し慌てた様子の男性には寝癖がついていて、この前のときよりさらに幼く見えた。

「いや、もう昼すぎですよね、ちょっと昨日飲みすぎて……パンツ一丁で寝てました」

照れくさそうに笑う男性に、私も思わず笑いそうになった。

「突然ごめんなさい。とってもたくさん本を頂戴して、楽しんで読ませていただいたので、せめてお礼をしたくて」

「そんな、いいのに。でも、いらしてくださってうれしいです。あ、コーヒー好きなので、うれしいです」

「ごめんなさい、紅茶にしてしまいました」

男性は慌てて紙袋を覗き込み、

「あ、いや、紅茶も好きです。俺、何言ってるんだろ。いや、また会いたいなって思ってたんです。でも、同じマンションなのに会えないもんだなーって」

彼の妻が髪を整えながら玄関へ出てきて、

「素直に、会えてうれしいって言えばいいのに。この人、あなたのことが素敵だ素敵だって、あれから毎日ゴミ捨てに行ってたんですよー。もう、中学生みたいで、笑っちゃって」

と彼の背中を叩いた。

「うるさいな。早く出かけろよ。彼氏が待ってるぞ」

「はいはい。じゃあ、私は出かけるので、どうぞゆっくりしていってくださいね」

彼の妻は下駄箱からヒールを取り出すと足を滑り込ませ、私に会釈して出かけていった。

「すみません、なれなれしい妻で」

「いえ。素敵な奥さんですね。これからデートですか？」

「そうなんです。最近、若い恋人ができたばかりで。自分がはしゃいでるからって、こっちのことまで冷やかしてくるんですよね、ったく。見ました？　今のミニスカート。彼氏が若いからって、浮かれてるのはあっちなんですよ」

男性が上気した頬を誤魔化すように饒舌《じょうぜつ》に喋るので、私は恥ずかしくなってしまい、逆に何を喋ればいいのかわからなくなってしまった。

オレンジ色のTシャツから、彼の鎖骨が覗いている。その骨の形が綺麗だと思ってしまったときには、私の中で衝動が蠢《うごめ》き始めていた。

「これ、レモンの紅茶ですか？　すげー、いい匂い」

缶をあけて香りを嗅《か》いでいる男性に近付こうとして、よろけてしまった。

「わ、大丈夫ですか？」

男性が慌てて私を支えてくれた。

咄嗟《とっさ》にしがみついたTシャツの裾《すそ》には、彼の体温が染みこんでいた。

あ、身体が喋ってる、と私は思った。

自分の身体の中から声がする。もっと触れたい。もっと彼の体温を摂取したい。

もう、この時には、私は彼に完全に恋をしていたのかもしれなかった。

お礼に食事をごちそうするという彼に、「まさか、こちらがお礼に伺ったのに申し訳ないです」と言うと、「じゃあ、屋上に行きません？」と彼が提案した。

「ここの屋上、行ったことあります？」

「ないです。柵《さく》があって入れなくなっていますよね」

「俺、たまに行ってるんです。柵、乗り越えちゃえば平気ですよ！　天気もいいし、屋上でピクニックしてみません？　ちょうど、ワインとサンドイッチがあるし」

「素敵ですね。行きたいです」

屋上でピクニック、という響きに惹かれて、反射的に頷いていた。

私はサンドイッチとチーズ、彼がワイングラスと冷えた白ワインを持って、二人で階段を上がって屋上へ行った。

ここのマンションは十一階建てだ。彼の言うとおり、階段をあがって「立ち入り禁止」と小さく書かれた柵を乗り越えると、誰もいない屋上が広がっていた。

「たまに夜、ここで夜景を見ながらビールを飲むんですよ。すげー気持ちいいですよ。けっこう見晴らしいいし」

「いいな。住んでるのに、来たことなかったです」

サンドイッチとつまみにもってきたチーズを並べ、私たちは白ワインで乾杯した。

「うわ、甘い」

彼が持ってきたワインは、確かにかなり甘かった。

「みずひと、って言うんですか？」

「え？」

「お名前。まだ聞いてなかったなって思って。さっき、奥さんがそう呼んでたから」

「いや、本当はみずと、って読むんです。水に人と書いて水人。でも、妻は呼びにくいからって、みずひとって呼んでくるんですけど」

「水人。いい名前ですね」

「あなたは？」

「雨の音と書いて、あまね、といいます」

「そっか。二人とも、水の名前なんだ」

水人はうれしそうに笑った。

水人の奥さんの手作りだというサンドイッチを食べながら、私は言った。

「あのとき、水人さんは本を捨てたんじゃなくて、恋人を捨ててたんじゃないですか？」

「え？」

「あの本、読んでわかりました。あの中のどれかの女の子が、好きだったんでしょう？」

水人はばつが悪そうに、

「……初恋の人を捨ててたとこだったんです」

と言った。

「恋人が増えすぎて、整理整頓《せいとん》しようと思って。6人くらい残して、あとは捨てました」

「そうだったんですね」

「……でも、そしたら1人増えちゃったんです」

水人が困った顔で、私の髪の毛の先を一瞬だけ触った。

私はすぐに遠のいて行ったその手をいそいで摑《つか》んで、握った。

水人は驚いていたが、私が何も言わずに手に力をこめると、肩から力を抜いた。

「……水人さんの手の甲って、血管がよく見えますね」

照れくさくて、私は関係のないことを口にした。

「うん、腕はもっとすごいですよ」

水人も少し照れているのか、手を繋いだまままもう片方の腕を持ち上げてみせた。日に焼けた肌に、青い血管が浮かび上がっている。

「注射打ちやすいって、よく看護師さんに言われます」

「何かスポーツやってたんですか？」

「バスケとサッカーやってたけど、腕に筋肉があるのは仕事のせいじゃないかな。俺、宅配業者なんです。いっつも重い段ボール運んでるから」

「そうなんですか」

私は水人の血管に触れたくてたまらなくなったが、我慢していた。

「雨音さんは、ヒトとも恋をする人ですか？」

水人が真剣な表情で言った。

「……はい、そうです」

「よかった」

「水人さんは？」

「俺も、ヒトと恋愛したことは、何回かあります」

「そうですか。私も、よかったです。ヒトとも『あっちの世界』の人とも恋をする方って、最近少ないから。私もそうなんですけど」

「『あっちの世界』って？」

「ああ、私、物語の中に住んでる人を、そうやって呼ぶんです。近くて、遠い世界だから。中学校のときの恋人の受け売りなんですけど」

「へえ、なんだか不思議な感じ。『くるみ割り人形』みたいですね」

水人は笑った。

「俺は、キャラとの恋愛に関しては、ヒトとの恋愛とは全然違うって思ってますよ。並行もできるし。キャラに対するそういう感情って、なんか、強制的にそういう感情を引きずり出されてる気がして、疲れちゃうときがある。街を歩いていても、テレビを観ていても、こっちを発情させたり疑似恋愛させたりするために作られたものたちが、むりやりそういう気持ちにさせてきて、気がつくとお金を搾り取られてる。なんか、騙《だま》されてる感じがするんですよね。キャバクラに行ったら結局裏にヤクザがいるみたいな」

「そうですか……男性は特にそうなのかもしれないですね。高校のとき、私の毒舌な女友達は、キャラクターたちは性欲処理のための消耗品、って言ってました。ひどい言い方だけど」

「んー、俺はどちらかというと、自分が消耗されてる感じがするかも。俺たちに疑似恋愛感情を植え付けて、浪費させて食いつぶすための疑似恋愛システムに、いつのまにか組み込まれてる感じ。だって、実際に経済がそれでまわってたりするじゃないですか、恋をさせるビジネスばっかりで、自分はそのターゲットって感じ。だから、憎らしくなることもありますよ。キャラに罪はないってわかってるんですけど。だから、減らそうと思って、それで整理整頓してたんです」

「そうなんですね……」

水人もアミちゃんも、ヒトではない恋人を「キャラ」と呼ぶ。私はそれがうまくできないので、曖昧《あいまい》に頷いた。

「飲み過ぎたかな。俺、ワインだとすぐにまわっちゃうんです」

水人は頬が赤くなっていた。私は水人の腕についている傷のかさぶたを撫でた。

「痛そう」

「平気ですよ。俺、力仕事だから、生傷が絶えないんです。ほら、こっちも。でも全然痛くない」

ズボンを少し捲《めく》ると、脛《すね》の部分にもかさぶたがあった。

自分も夫も怪我をすることは滅多にないので、久しぶりに大きなかさぶたを見た私は、なんとなく懐かしくて、そっと手を伸ばした。

水人の肌は分厚くてざらざらしていて、かさぶたや、紫陽花《あじさい》みたいな深い紫色の痣《あざ》があった。自分や夫とは違う素材の皮膚でできているような気がした。

「楽しい?」

傷口や水人の肌を真剣な表情で触る私に、水人が吹き出した。彼の大きな瞳が細くなったのをみて、水人の肌を触る指先が痺れた気がした。

「……水人さんは、セックスをしたことってありますか?」

唐突に尋ねると、彼は驚いて、すぐ首を横に振った。

「ないです。それって、昔の交尾ですよね? 俺は恋人はいたことあるけど、そういう古風なことは、したことがないです」

「そうなんですね」

「え、ひょっとして雨音さんはあるんですか?」

「はい。恋人とはいつもしてきました」

「そうなんだ。俺の周りではあまり聞かないから、この世からもうセックスはなくなってしまったのかなと思ってました」

「まだありますよ。かろうじて」

水人は私と手を繋いで、「もしそれが雨音さんの恋人の条件なら、俺もやります」と言った。

「条件というわけじゃないのだけれど、いつもしてきたから」

「それをするとしないのとでは、何か違うものですか？　昔の交尾の名残でしょう？」

「うん、だから交尾している感じがする。そうすると、安心するんです」

今度は水人が私の頭を撫でた。私の髪の中に沈んでくる水人の指先は、確かに夫とは違う種類の熱を持っていた。


私たちはそのまま手を繋いで水人の住む部屋に戻り、リビングのソファベッドに腰掛けた。

「何か、道具とか準備は必要ないんですか？」

「大丈夫です。お互いの性器があればできますよ」

私はスカートと下着を脱ぎ、水人はジーンズとボクサーパンツを脱ぎ、向かい合って座った。

「この状態で、まずは脳を興奮させる必要があります。そうすると、自然に性器の準備ができます」

「ん、わかりました」

私たちは下半身だけ裸のまま、それぞれ携帯で性的な画像や動画を見て、各自自分の性器の状態を整えた。

私は「恋人」であるクロムの動画を見た。

「性器の準備ができたかどうかって、どうやって判断するんですか？」

「女性は水が出てきたら、男性は硬さが出てきたら、準備が整った証拠です」

「やってみますね」

しばらく無言でそれぞれ携帯を眺め、性器の準備ができたと感じた私は口を開いた。

「私のほうは大丈夫みたいです」

「俺もたぶん大丈夫です。ここからどうすればいいですか？」

「『膣口』という場所にそちらを入れるのですが、たぶん一人ではなかなか見つけられないと思います。今、ご説明しますね」

私は足を開いて、「膣口」の場所を指し示した。

「俺には穴がよく見えないんですけど……大丈夫ですか？」

「かなり伸縮自在の素材でできてるんです。だから大丈夫ですよ」

「不思議ですね。こんな神秘的なことを、昔の人はやっていたんですか」

「みんなやっていたみたいですよ。何しろ、これが人間本来の交尾の形なので」

「不思議だなあ」

水人はしきりに珍しがりながら、ペニスを私の下腹部へと押し込んできた。

「この状態で、腰を動かすと、互いの性器が刺激されます。そのうち水人さんの性器から液体が出てきます。そうしたら終わりです」

「難易度が高いなあ。なんとかやってみますね」

私たちは試行錯誤しながら性器を刺激し、やっと水人の身体から精液が出てきた。

膣の中が乾燥していて、今までにない、強い痛みがあった。身体の中に水が流れ込んでいる感覚が、いつもより不思議に感じられた。まるで、水人が私の身体の中に雨を降らせているような感じだった。

水人が性器を私の中から取り出すと、避妊処置がされている透明の液体が、中学校のころ水内くんから出てきた液体と同じように、さらさらと外へ流れ出た。

水人は、「これは精液ですね。これなら俺も出したことがあります」と、私の太腿《ふともも》を滴《したた》っている透明の液体に触れた。

「身体が静かになってきましたか？」

「え？」

「初めてセックスをしたとき、相手の男の子が言ってたんです。この液体が出ると、身体が静かになるって。そういえば、彼は水内くんという男の子でした。水人さんと同じで、『水』がつく名前ですね」

「そっか、雨音さんは水に縁がありますね。でも、俺の場合は、静かにならない。ますます、身体が騒がしくなりました」

水人は私のシャツに顔を埋めた。

「セックスは、交尾というより、なんだか儀式のようですね。他の動物も、交尾をするとき、こんな風な気持ちになるのかな」

私は水人のオレンジ色のTシャツ越しに彼の背骨を撫でた。

「水人さんは、骨と血管が綺麗ですね」

「骨?」

「皮膚に骨の形が浮き出てる。それがとても綺麗です」

水人は目を細め、「初めて褒《ほ》められた。骨と血管なんて。皮膚の中にあるのに」と言った。

「皮膚の中のことが好きになるのが、恋じゃないですか?」

「そうかな。そうかもしれない」

私は水人の首の浅黒い皮膚に浮き出た血管を指で辿《たど》った。

「何だかすごく眠い。儀式をしたから疲れたのかな」

「眠っていいですよ」

「なんだか、生贄《いけにえ》になったみたいだ」

水人は目を閉じた。

「儀式みたいだと、私も思います」

私は水人の額《ひたい》に口づけた。水人は、規則正しい寝息をたてて眠り始めた。その体温は、水人の肌を離れても、まだ私の掌《てのひら》の中に残っていた。


ヒトの恋人とセックスをしたあとはいつも、子供のころの夢を見る。

あの赤い部屋で信じ切っていたように、私は恋人の性器を身体の中にいれる癖をやめられない。まるで子供の指しゃぶりのように、ついつい粘膜で相手の身体を食べてしまう。

けれど一方で、自分のしている行為は父と母がした交尾とは違う、恋のためだけの儀式なのだという叫びも、胸の内側を引っ掻《か》いている。窓の外は灰色で、その灰色の中に、赤が混ざって見える。

私は逃れるように目をそらし、眠っている水人のTシャツに顔を埋めた。


「すごいね。本当に恋が始まった」

翌日の日曜日、近所にあるイタリアのバールで教えてもらったズッパフォルテを一緒に作りながら言うと、夫はうれしそうに話を聞いていた。

「同じマンションの中で恋が始まるなんて、素敵だな。会いたければいつでも会いに行ける」

「そうだけど、手抜きをした恰好で新聞を取りに行けなくなっちゃったよ。ゴミ捨てに行くのにもお洒落《しゃれ》をしないと」

「そうか。それは、大変だな。でも、羨《うら》ましいよ」

夫が私の恋の話を根掘り葉掘り聞いてくるので照れくさくなり、

「ほら、そろそろトマトとブイヨンを入れて！」

と夫の背中を叩いた。

「あとは四、五時間煮込むだけか」

「美味しくできるといいね」

私たちは鍋の火を弱め、ソファに座って一緒に麦茶を飲んだ。

「喉渇いたな。雨音さん、ビール飲む？」

「うーん、煮込みが成功したら冷えたワインで食べたいからなあ。もうちょっと我慢する」

「そう？　じゃあ、僕はお先に」

夫は自分の分のビールを持ってくると、コップに注ぎ、レモンを浮かべて飲み始めた。

「なにそれ？　美味しい？」

「うん、さっぱりしたいときにやるんだ。コロナのライムほどじゃないけど、わりと合うよ」

「一口ちょうだい」

「だから、飲むかって聞いたのに」

夫は苦笑しながら、私にレモンを搾ったビールを一口くれた。

料理で渇いた喉に心地よく、結局私もレモンの輪切りとグラスを持ってきて飲み始めた。

「朔くんのほうは、恋人とどうなの？」

何気なく尋ねると、夫は表情を暗くして、「……僕は、やっぱりあんまりうまくいってないかな」と言い、力なく笑った。

「だから、雨音さんの話が聞きたいんだ。ハッピーエンドに向かっていく、幸福な物語をずっと聞いていたい」

私も、夫の恋がうまくいくといいと思っている。

夫は、放っておけない妹だ。私の恋の話を無邪気に聞きたがり、そうかと思うと自分は苦しい恋に心をズタズタにされていたりする。

「想い合っているのに、どうしてそんなに辛いの？」

「僕はいつもそういう恋をするんだ。手に入れれば入れるほど、足りなくて、苦しくなる。身体の中が軋《きし》むようになると、歯車が狂っていく。体質ってあるのかな。雨音さんは、いつも幸せそうだものね」

「そうなのかな……。朔くんには、幸せな恋をしていて欲しいのに。私の大切な家族なんだから」

「ありがとう」

夫はだいぶ弱っているのか、私の肩に頭をもたせかけてきた。

夫の髪の毛の感触は小鳥に似ているので、まるで肩に鳥が乗ってきたみたいだった。

夫の肌に触る機会はほとんどないので、夫というと、このふわふわの髪の毛の感触が思い浮かぶ。ペットに限りなく近い、あどけない体温が、髪の毛ごしに伝わってくる。

「朔くんは、ヒトとしか恋愛をしないし、しかも恋人とセックスをするよね。それってどうしてなのかな」

「どうしたの、突然？」

「今、そういう人ってほとんどいないような気がしない？　誰と恋をしても、セックスをするのは初めてだって、珍しがられる」

「そうだね。僕は、二十歳くらいのときに、やっぱり激しい恋をして、相手のすべてが知りたくなって、本で調べてやってみたんだ。相手を手に入れる儀式のような気がして。それでも、苦しくなるだけだった」

「私は小学校のころ、恋をしたらそれをやってみるものなのかと思って、試してみたんだ。面白くて、幸せだった。それから、恋人とはいつもやってみることにしてるの」

「僕も、それから本当に恋に落ちたときは、いつもしているよ。今度こそ、儀式が成功するんじゃないかって、祈るみたいに」

「私たち、『逆アダムとイヴ』なのかな」

「なんだよ、それ」

夫が笑い声をあげたので、少しほっとして、私は続けた。

「ほら、アダムとイヴって、禁断の果実を食べて、羞恥《しゅうち》を知ったり、恋を知ったりするようになったでしょ。皆、禁断の果実と真逆の果物を食べて、楽園に帰って行っちゃうのかも。そうして、最後の人間になって取り残されるのが、私たちなのかも」

「それだったら、少し怖いな。楽園では、セックスは恋を叶えるための儀式じゃないのかな?」

「セックス自体、ないのかもしれないよ」

「……確かに、どんどん世界からセックスがなくなっていくのを、僕も感じてるよ。あと50年もしたら、世界でセックスをしているのは僕たちとその恋人だけになるかもしれないね」

「怖い?」

「いや、雨音さんも一緒なら、大丈夫だよ。僕たちは家族なんだから」

そう言ってふわふわの髪の毛をすり寄せてくる夫は、弱り切った猫のようだった。

しばらくお喋りをしたり、衛星放送のつまらない映画を観たりしながら過ごしているうちにズッパフォルテがようやく出来上がり、私たちはそのままワインで乾杯して、夕食を始めた。

点けっぱなしになっていたテレビでは夜のニュースが始まり、千葉県の光景が映し出された。

「僕たちが『逆アダムとイヴ』なら、あれが人類が帰っていく『楽園』なのかな」

夫が呟いた。

テレビの中では、もう聞き飽きた説明を、アナウンサーが繰り返していた。

千葉が実験都市として生まれ変わり、もうすぐ10周年になります。各地でお祝いムードが高まり、様々なイベントの準備が進められています。

ご存じのように、実験都市千葉では、「家族」というシステムではなく、心理学・生物学・あらゆる観点から研究されて誕生した新しいシステムで、人々は子供を育て、命を繋いでいます。

毎年一回、12月24日、コンピューターによって選ばれた住民が一斉に人工授精を受けます。受精する人間はコンピューターで管理され、健康面や過去に産んだ回数などを考慮して選ばれます。人口は増えすぎず、減りもしないように計算され、ちょうどいい人数の子供が生まれるよう完璧にコントロールされます。

男性は人工子宮を身体につけて受精します。今年も男性の人工子宮の成功者は出ませんでしたが、500人が着床までは成功し、うち4人が子宮の中で数か月子供を育てることを達成しています。もしかすると来年こそ、男性から初めて子供が生まれるのではないかと、期待が高まっています。

人工授精で出産された子供は、そのままセンターに預けられます。子供たちは、15歳になるまでの衣食住をセンターで保障され、15歳になって自分も「受精」する年齢になったら、大人とみなされてセンターを出ます。

その世界では、すべての大人がすべての子供の「おかあさん」となります。すべての子供を大人全部が可愛がり、愛情を注ぎ続けます。

第1回の人工授精でできた子供は8歳になり、「家族（ファミリー）」システムで育った子供より、均一で安定した愛情を受けることで精神的に安定し、頭脳・肉体ともに優秀であることが証明されています。「家族」が欠陥していることによる不公平なリスクを子供が負うことはありません。すべての子供が、すべての大人に愛されて育つ、まさに「楽園（エデン）」のようであることから、「楽園（エデン）システム」と名付けられています。

12月24日に一斉に受精した子供の出産期は8月末から9月あたりで、そろそろその季節が訪れようとしています。

もうすぐ第11回の受精の準備が始まります。各地でお祝いの式典が行われ、視察を兼ねて、各国から要人が駆けつける予定です。

遠くない未来、人類は「家族（ファミリー）システム」ではなく、この新しい「楽園（エデン）システム」で繁殖していくことになるでしょう。まさに未来の人類の姿を最先端の技術で実現しつつある実験都市の、素晴らしい実験成果とそこに至るまでの研究者たちの努力について、今夜はスペシャル番組で詳しくお伝えいたします。

「この世界には、家族って概念がないよね。人類は、そろそろ禁断の果実の効力が切れて、楽園に帰って行っちゃうのかもしれないね」

そんなわけがないと思いつつ、なんとなくそう呟いていた。

「セックスはともかく、家族もない世界なんて、本当にうまくいくのかな」

「さあ。でも成功したらすごいよね」

夫は興味があるらしく、身を乗り出してニュースを見ていた。

「珍しいね。朔くんがこういうニュースに興味を示すの」

「だって、これはすごいことだよ。これは人類の大きな実験なんだよ。家族というシステムじゃない、新しいシステムの中でも、ちゃんとヒトという動物が繁殖するか。もし成功したら画期的だよ」

夫は興奮したが、すぐに慌てて私の顔を見た。

「でも、やっぱり『家族』がないなんて、うまくいかないよね。そんな世界がうまく回転し始めたら、僕たちの住むこの世界がなくなってしまう」

「そうだよ。こんなの、うまくいきっこないよ」

「命を産みだす工場なんて、不気味だよね」

夫が実験都市を貶《けな》したので、私は少し安心した。

「ねえ、ワイン飲まない？　あの不味《まず》くて放ってあるやつ。果物の残りがあるから、即席サングリアにして飲もうよ」

「いいね。そうしよう」

私たちはワインにオレンジやらキウイやらを入れ、乾杯した。

料理はレシピ通りにやったのに、お店で食べたほどには美味しくできなくて、味が薄かった。

「トマトを入れ過ぎたのかなあ」

「うーん、僕はけっこう美味しいと思うけどな。もっと煮込めば、味が濃くなるんじゃない？」

失敗した料理も共有できるのが、家族の心地いいところだ。

もし、家族というものもこの世から消えたら、こういう時間もなくなってしまうのだろうか。

そんなわけないと思いつつ、もう実験は進行している。セックスだって、昔は当たり前のことだったのに、私たちの世界からどんどんなくなっている。

私は取り残されたような気持ちで、テレビから目をそらし、ワインを飲み続けた。

アダムとイヴは、楽園を出た最初の夜を、どんなふうに二人で過ごしたのだろう。

食卓の上では冷めたパンが転がっている。私はそれを見つめながら、空になったグラスにさらにワインを注いだ。


地図をみながら銀座の個室のレストランにやっと辿りつくと、ミカとエミコはすでに席に着いて、メニューを広げていた。

「ごめんごめん、道に迷っちゃった」

「雨音は方向音痴なんだから。乾杯しないで待ってたんだよ」

「雨音、何にする？」

私は急いでグラスのシャンパンを注文し、席に座った。

ミカとエミコは、高校の同級生だ。樹里も含めた四人でよくつるんで遊んでいて、大人になった今でも、たまにこうして集まって食事している。

「今日は樹里は？」

「子供が小さいから忙しくて、やっぱり無理だって」

「あの子はちょっと気取ったとこあるから、いないほうが気が楽だけどねー」

エミコが肩をすくめた。

「樹里は確かに美人だけど、気さくだしいい子じゃない」

たしなめると、ミカが言った。

「顔の話じゃなくてさ、ほら、樹里って、キャラと恋愛することを馬鹿にするでしょ。高校のときからそうだよね。悪い子じゃないんだけど、そういうところはちょっと苦手かな」

ミカとエミコはヒトと恋愛をしたことがない。そういう子は私の友達にはとても多い。セックスだけでなく、ヒト同士の恋愛もこの世界から消えつつあるのかもしれないと思う。

ミカは結婚という形はとらず、若くして一人で子供を産み、長女は小学五年生、長男も来年には小学生になる。エミコは特に子供は欲しくないそうで、このまま行くつもりだそうだ。遠くない将来、結婚していないほうがスタンダードになる「予感」がしている。私たち高校時代の友人四人の中でも、結婚しているのは樹里と私だけだ。

「ミカ、一人で子育て、大変じゃない？」

「ああ、でもルームメイトが一人自由業だから、わりと頼めるかな。女三人で暮らしてるから、いろいろ楽よー。結婚よりいいわよ、やっぱ」

ミカは笑ったあと、私の顔をみて慌てて、

「あ、でも経済的には男と暮らしたほうがいいわよね、やっぱり。結婚制度が向いてる人は利用したほうがいいと思うわ」

とフォローした。

私は夫と、利害関係だけで一緒にいるわけではない。そう主張するのもなんだかばからしくて、「女三人、いいよね。楽しそう」と笑っておいた。

「いやあ、でも大変だけどねー。でも三人の貯蓄もあるし、ほとんど女三人で結婚してるようなもんよ。それはそれで苦労があるわよ。一人だらしない子がいてさあ」

「やっぱりそうなるよね？　子供をつくらなければ十分やってけるしやっぱり私は一人がいいわ」

エミコが肩をすくめた。

いろんな生き方を選ぶ人が増えて、「雨音は何で結婚したの？」という質問に、だんだんうまく答えられなくなっていく。

それを私の次の宗教にしようとしているから。

一番簡潔に言えばこうなるが、それをうまく説明できる気はしなかった。

ミカとエミコは樹里が自分たちを見下しているというが、私は、二人のほうが結婚している私たちを見下しているような気がすることがある。「新しい生き方」をしている二人から見れば、なんでわざわざそんな古い制度に縛られるんだ、と思うのかもしれない。

一通り近況報告を終えると、恋の話になった。

ミカは一年前から、朝の魔法少女のアニメーションの中の男の子に恋をしている。エミコは最近、大人の男性の魅力に目覚めたそうで、今はＣＧ映画の人気シリーズの黒幕の男性と恋に落ちているそうだ。

「雨音は最近どうなの？」

「そうだよね。大人になってから、雨音がヒトとも恋愛するって聞いたときはびっくりしたなあ。私たち、何にも聞いてなかったもんね」

「ねえねえ、今、ヒトの恋人っているの？」

水人のことが頭に浮かんだが、私は笑って誤魔化した。

「いや、今はいないよ。ちょっとお休み中かな」

「なあんだ、つまんないの」

二人はあっさり興味をなくし、話題はミカの長女の初潮が来て、連れだって婦人科へ行って避妊処置をしたことに移った。

「最近は医学が発達してて、すごいのよ。私たちのころは、少しは痛みがあったじゃない？今は全然痛くないんだって。時間も短くて、十分くらいではい終わり、なんだもの」

「へー、いいなあ」

「それでも性能は良くてね、生理もほとんどなくなるんだって。いいわよね、今の子は。私も、最新の避妊器具に入れ替えてもらおうかなあ。毎月重くってしょうがないわ」

「保険がきかないと、高いわよー。でもこのままだと、妊娠するとき以外は生理がなくなる時代も近いかもねえ」

「だって必要ないものね、そのとき以外」

「どんどん便利になるわよねー」

二人の会話を聞きながら、私は思わず下腹を押さえた。

今日は生理だった。毎月億劫《おっくう》に思ってはいるが、これがなくなる世界を想像すると、それはそれで奇妙だった。

また一つ、世界から何かがなくなっていく。

私たち四人が出会った高校は、千葉県の山の中にあった。田んぼの中をスクールバスで一時間もかけて通った校舎も、今はない。リフォームされて、子供を育てるためのセンターになっている。千葉に残って実験台になるのが嫌だという人は、国から補助金をもらって街を出る。

私の母は、国の実験台になるなんてまっぴらだと家を出たが、他の三人の両親は千葉にとどまったままだ。

「地元が様変わりしちゃうのって、寂しいよね。ちょっと開発されるくらいならいいけど、新しい都市になっちゃったんだもん」

「そうだよねえ」

「世界的な実験だっていうのはわかるけどさ。ちょっと切ないよねー」

「二人は、たまに実家に顔を出したりしてるの？」

私の質問に、ミカとエミコは顔を見合わせた。

「うーん……」

「もう、私たちの親、っていう感じじゃなくなってるからね。帰っても仕方ないって思っちゃう」

「そっか……そうだよね」

「友達には会いたいけどねー。地元の子とか、けっこう残ってるよ」

「雨音はお母さん、引っ越しちゃったもんね。横浜にはたまに顔、出したりしてるの？」

「うん、何だかんだと電話がかかってくるから、たまに顔出してる」

「親が年だと心配だよね。その点、うちの親は残ってくれたから、老後が安心だわー。その分、会いにくいけどね」

グラスのシャンパンはもうとっくにぬるくなっていた。私はそれを飲み干すと、グラスワインを頼んだ。

「実験都市って、成功するのかな」

呟くと、ミカが肩をすくめた。

「さあねー」

「この実験が成功したら、そのうち先進国はみんなそうなっていくのかなー」

「でもさ、なんだかそっちのほうが自然って気がしない？　家族っていうシステムが、現代の私たちにもうそぐわないっていうか……」

エミコが呟いた。

「だって、皆が何で家族が欲しいのか、正直よくわかんないもの。生きていくのに合理的だからってだけでしょ？　子供がいない場合は特にだけど、いないほうが合理的だもの。私たちはどんどん進化しているのに、家族っていうシステムだけが残って、宙ぶらりんになってる感じ」

「まあそうよねー。女三人で暮らすとわかるけど、これはこれで合理的よー。そろそろ男が産める時代も来ると思うし、家族制度なんか崩壊すると思うわ」

私は料理についてきたライムを、白ワインに放り込んだ。

「やめてよ、高いワインなんだから」

「いいじゃん、こうすると美味しいんだもん」

夫は口に合わないワインにはすぐ果物を入れてしまう。それが自分にうつったのだと思う。それは「家族」だからだろうか。ライムを浮かべた白ワインを飲むと、「家」の匂いに包まれているような気持ちになって、ほっと息をついた。


水人と私は頻繁に逢瀬《おうせ》を重ねていた。ヒト相手に、こんなに切実な気持ちで毎日会いたいと思うのは、初めてかもしれなかった。

同じマンションなので、平日にも会いやすい。水人は、徐々にセックスに慣れて行ったが、どうしてわざわざ挿入しなくてはいけないのかについては、まだしっくりきていない様子だった。

「なんとなく、身体の内側でキスしてる感じがして、安心するんだ」

私はそう彼に説明した。

クロムへの切実な恋情は、少しずつだが和《やわ》らいできていた。私にとって、新しい恋は、前の恋の痛みを忘れるためのドラッグなのかもしれない。だから、だんだんと強い効果のものが欲しくなる。

そんな私に、水人の存在はうってつけだった。

水人の部屋以外にも、マンションの中にはセックスできる場所がいくつかあった。誰も来ない屋上に、非常階段。水人は名前の通り、汗や涙や精液、いろいろな水を流す人だった。

「不思議だな。今まで排泄に使っていた場所を、恋愛に使うなんて」

「恋愛感情を排泄しているんじゃない？　私はそういう感覚があるけどな」

「そうかな。すればするほど、身体の中で増幅している気がするけど」

水人は小さく笑った。

「でも性欲は解放されるでしょ？　そういう身体の仕組みだもの」

「まあそうだけど、やっぱり苦しくなるかな。液体と一緒に身体から何か狂気じみたものが引きずり出される。そうすると、また同じ行為がしたくなるんだ。いつまでも解放されない」

「性器を恋愛に使うのって、不思議だよね」

「そうだね。昔の人は、みんなこうやって恋愛してたのかな」

セックスを終え、シャワーを浴びた私は、服を着たまま水人と二人でベッドでごろごろと、猫が甘えあうようにじゃれあって過ごした。

私たちはたびたび、互いの過去の恋愛の話をした。水人は「あっちの世界」の人とはひっきりなしに恋をしているが、ヒトの恋人は私で3人目だそうだ。

ヒトではない恋人で、水人が今一番好きなのは、「ピンク・マジック・レボリューション」という手品のサーカス団の女の子たちの友情をテーマにしたアニメの中の、紫色の髪の毛の女の子だそうで、彼の部屋にはその女の子のポスターがいっぱい貼ってあった。

その女の子の他にも、水人の部屋は、彼が今までしてきた恋の相手のポスターでいっぱいだった。まるで、私が持ち歩いている40人の恋人のポーチの中に入って遊んでいるみたいで、私はうれしかった。水人が今まで大切な想いを抱いた、恋の歴史の中を泳いでいるような感じだった。

「あ、この子可愛いね」

「うん、それは三年くらい前に大好きだった子。雨音さんに褒められると、うれしいなー」

水人はにこにこ笑っていたが、彼女たちに対する性欲の話にまで話題が及ぶと、どこか醒《さ》めた顔付きになって肩をすくめた。

「たまに思うんだけど、性欲って、俺らの身体の中に本当にあるのかな」

「え？」

「テレビや漫画からいつの間にか性欲や恋愛感情の『種』を体内に植え付けられて、それが身体の中で育ってるだけじゃないのかなーって思うこと、あるよ」

「何でそんなこと思うの？」

「だって、搾取されてるもん。それでまんまと身体の中で育った恋ゴコロや性欲に突き動かされて、すごいお金使っちゃう。経済を動かすための陰謀なんじゃないかなー」

「まさかあ」

私は吹き出し、水人も笑ったが、水人はベッドから起き上がってベッドサイドに置いてあったミネラルウォーターを飲むと、ぼんやり呟いた。

「……でも、たまに、ほんとにそんな気持ちになることある……。性欲なんて、俺たちの本能の中にはとっくになくなってて、身体に入り込んで寄生しているだけなんじゃないかなって。俺、『キャラ』に恋したりハマったりしてなかったら、もっと合理的に生きられてた気がするもん」

「合理的な人生なんてつまんないよ。それに、非合理的だからこそ、恋なんじゃない。彼女たちに恋することで、水人はいいことをたくさん受け取ってると思うよ。恋って、自分らしくなるための勉強だったりするもん。だから水人が今の水人なのは、彼女たちに恋したからなんだよ」

「そうだけど……」

水人が何か言いかけたとき、ドアの音がして、「ただいまあー」と声が響いた。私たちは顔を見合わせて、笑った。水人の奥さんが帰ってきたのだ。

「あれー⁉ ねえねえ、雨音さん来てるの⁉ 水人《みずひと》ー！ ちょっとおー、それならそうと言ってよお」

水人が「はいはい」と部屋をでていき、私は身支度を整えて帰ろうとした。そろそろ夕飯の時間だ。家族水入らずの時間を邪魔するわけにはいかない。

バッグを持って部屋をでると、水人の奥さんが慌てて言った。

「あ、雨音さん、いらっしゃい！　なになに、もう帰っちゃうんですか？　ご飯、食べてってくださいよ」

「お邪魔してますー。長居しても悪いので、そろそろ帰ろうと思って」

「えー、そんなこと言わないでくださいよ。今までの彼女で、水人が家に連れてきたのって初めてなんですよー！　ヒトの彼女も作れって言ってるのに、漫画やアニメばっかりで。だから私、うれしくって！　ね、ぜひ食べてってください」

「えっと……」

「あ、旦那さんが家で待ってる？　だったら、旦那さんもご一緒に！」

「いえ、今日は旦那は外でデートです」

「なーんだ、それならなおさら、ゆっくりしていってくださいよ！」

奥さんは私の背中を叩き、ダイニングテーブルへと導いた。

「辛い物、お好きですか？　パッタイとラープガイなんだけど。あ、青パパイヤのサラダも！」

「わあ、大好物です。すごい、家でも作れるんですね」

「料理、趣味なんですよー。ね、座って座って。すぐにできるから」

それから三人で食卓を囲み、タイビールで乾杯をした。

奥さんは、水人に彼女ができたことが本当にうれしいみたいで、はしゃぎながら私のお皿にいろいろよそってくれた。

「水人、ちゃんといい彼氏やってますー？　この子、鈍いとこあるでしょ。心配で」

「もういいよ、うるさいなあ」

照れくさそうに水人が言う。仲のいい姉弟のようにじゃれ合っている二人をみていると、こちらも気持ちが温まった。

「デザートもあるんですよ。あ、お腹いっぱいですか？」

「いえ、いただきます」

「ちょっと待ってね、用意してくるから！」

奥さんが台所へ行きデザートとお茶の準備をしていると、水人がこっそり私に言った。

「ごめんね。強引な妻で……俺に彼女ができてから、会わせろ会わせろって、うるさくって。雨音が来てくれてはしゃいでるんだよ」

「ううん、素敵な奥さんだね」

「まったく、うるさい姉ちゃんみたいな感じだよ」

「水人の家は、子供は作らないの？」

「うーん、うちはいいかなって話になってる。子供いなくても、まあ、楽しいし、元からそういうつもりで結婚したから」

「そっかあ」

私は少しほっとして、水人と、キッチンで忙しくしている奥さんを交互に見た。子供がいなくても「家族」として仲良くやっている二人を見ていると、気持ちが軽くなった。

「なんか、二人を見てると、うれしくなる。素敵な夫婦だなって。子供に頼らずに、それでもちゃんと家族として仲良く暮らしてるんだもん」

素直に伝えると、水人が不思議そうな顔をした。

「え、雨音さんのところは？　俺、旦那さんとエレベーターで挨拶したことあるけど、いい人そうだったよ。雨音さんをよろしくって」

「うん……でも最近、不安になるの。私の周り、結婚しないで子供を産んでる人も多いし、結婚してない人も多いし、他人とただ暮らしてるだけなのに、どうして家族って思えるの？　ルームシェアとどう違うの？　なんて聞かれることもあって……それに、きっぱりとした返事が見つけられないの。朔くんのこと、本当に大切に想ってるのに」

「ああ、それは俺もたまに言われる。よく、赤の他人に貯金預けられるなって。気にすることないよ。わかんない人にはわかんないんだから」

「でも、なんか不安になるんだ。この、今私たちが持っている『家族』っていう感覚そのものが、何十年か後の世界では、消えてなくなってるんじゃないかって」

吐きだすように言って水人を見上げると、彼は吹き出した。

「まさか。大丈夫だよ」

「そうかな……」

「俺は、小さいころから家族が大事だったし、今でも一番大事なのは家族だよ。いつもすごく強い気持ちで、家族が欲しい、家族が大切だって思ってる。仕事や恋愛と違って、人間の本能なんじゃない？　家族が欲しいと思うのって」

「そうかな。じゃ、あの千葉の実験都市は、失敗するのかな」

「あんなの、絶対にうまくいかないって。家族がいない世界で、子供だけが生まれながらうまく回転することなんてありえないよ。それに、子供がいるいないにかかわらず、『自分と人生が繋がってる人』っていうのが、人間には必要なんだよ。そういうのを欲するように、心と身体ができてるんだと思う。だから、皆、あんなところから逃げてくるよ。家族がほしいよー、いないと寂しくて死んじゃうよー、って」

水人がおどけた様子で泣き真似《まね》をして、私はやっとこわばった顔の筋肉を緩《ゆる》めて笑うことができた。

「そっか……そうだよね」

「そうそう！」

「あれ、何話してるの？　私も混ぜてよー。ほら、カノムモーケン！　うまくできてるといいなー」

　奥さんがお皿に盛ったデザートとお茶を持ってきてくれた。

　仲のいい二人を見ながら、デザートを食べた。二人を見ていると、今まで抱えていた漠然とした不安が和らいだ。

「どうしたの？　あ、口に合わなかった？」

　デザートを食べる手が止まっている私を見て、奥さんが慌てて身を乗り出した。

「いいえ、美味しいです。なんだか幸せで、ゆっくり食べたくて」

　水人と奥さんは顔を見合わせて笑った。

　二人は仕草が似ていて、笑ったときの表情もどこか似ている。「家族」として暮らしているうちに、そうなっていくのだ。私たちはそういう形の生き物なのだ。だから大丈夫。自分に言い聞かせるようにそう心の中で唱えながら、甘いデザートを唇の隙間に押し込んだ。


　エレベーターで上がって家に帰ると、夫が帰っていた。お茶漬けを食べている。

「ごめんごめん。今日は外で食事するんじゃなかった？」

「うん、食べてきたけど、小腹がすいちゃって。雨音さんは、彼氏と一緒にいたの？」

「うん。でも私も少しもらおうかな」

私は夫が炊《た》いたご飯をもらい、一緒にお茶漬けを食べた。水人の奥さんの料理はおいしかったが、こうして夫と食卓につくとほっとする。ここが自分の「家」なのだと再確認できる。

夫はお茶漬けを食べながら呑気《のんき》に言った。

「いいな、同じマンションに恋人がいるなんて。いつでも会えるよね」

「お互いに仕事も家庭もあるから、そう毎日ってわけにはいかないけど。ごはんは家族と一緒に食べたいじゃない？」

夫はお茶漬けを食べるとき、お湯をわざわざ鍋で沸《わ》かす。そのほうがお湯が美味しいと主張するのだが、正直わからない。

けれど、夫が美味しい美味しいとお茶漬けの汁を飲んでいるのをみると、確かに夫の沸かしたお湯は美味しい、という気持ちになる。こうやって、夫婦の舌は似てくるのだろうかと思う。

「そういえば、この前、外であれやっておこられたよ。白ワインにライム入れるやつ」

「あれは不味いワインにやるんだよ。雨音さん、何にでも入れちゃうから」

「うそだよ、この前、もらいものの高いワインにも、朔くん、オレンジだのキウイだの入れて飲んでたじゃない」

「あれは高いけど不味いワインだったんだよ」

笑っていると、下腹がひきつるように痛んだ。

生理がおわってしばらく経っている。今日は排卵日なのかもしれないと思う。避妊器具をつけていても、受精できない卵が卵巣から排卵されている。私は、排卵日は、やけにセックスがしたくなる。身体の中の卵が精液を欲しているのだと思う。

受精することができない卵子と精液が、お腹の中で絡《から》み合っている。そのことが薄気味悪くも思えて、私はぼんやりと痛む下腹を撫でた。


会社の帰りにお金をおろそうとすると、残高が異様に多いことに気が付いた。

まさか、と思って通帳記入すると、やはり、前の夫からお金が振り込まれていた。

今までも、たまにそういうことがあった。

そういうときは、母の友人の弁護士の女性を通してお金を返していた。直接やり取りをする気にはなれなかったからだ。

弁護士の女性に連絡をとってもらおうと、母に電話をした。離婚の時にもお世話になったその女性は、最近事務所が変わって連絡先も変わったと、以前ちらりと聞いていたからだ。

母に電話をかけるのは億劫だった。案の定、「腰が痛いのに面倒かけさせて」だの、「新しい名刺を探しておくから、ちょっとこっちに寄りなさい」だのとしつこく言われた。

「わかった、今から少し顔出すわ」

私は溜息をついてそう告げ、電話を切った。母のマンションに行くのは憂鬱だったが、しぶしぶ横浜行の電車に乗った。

家につくと、母は野菜やら、果物やらを袋に入れて渡してきた。

「一人暮らしだと余っちゃって。持って行きなさい」

「ありがとう」

素直に受け取ると、母は満足そうだった。

「これ、横浜の新しい事務所の連絡先よ」

「わかった」

前の夫と別れるとき、母は夫の味方だった。そのことが思い起こされ、「じゃ、朔くんが待ってるから」とすぐに帰ろうとした。

私の一挙一動を見ながら、母が薄く笑った。

「それにしても、家の中の性欲が、こんなに罪に問われるとはね。私は朔さんより、前の人のほうが好きだけれど。今でもあんたの気を惹こうと必死で、いじらしいじゃない」

「どこがよ。妻を犯そうとしたのよ。変質者よ」

かっとなって答えると、母がさらに黄ばんだ歯を見せて笑った。

「昔はね、朔くんみたいによそに女を作るほうが、ずっといけないことだったのよ。妻とセックスするくらいいいじゃない。あんただってそれで生まれたのよ」

「今は違うわ！　結婚するときは、絶対に互いを家族として扱うこと、つまり性的な目で見たり恋愛対象にしたりしないことを誓い合うのよ。それを破るのは酷い裏切りよ」

「まさか、夫婦でセックスするのが近親相姦と言われる時代が来るとはね。昔は兄妹だって結婚したのよ」

「知ってるよ。でも言葉の意味は変わってく。私たちの常識だってもうとっくに変わってるの。広辞苑で調べてみて。近親相姦の欄に、『夫と妻など、家族間で性交渉をすること』ってちゃんと書いてあるから」

「昔は、アニメーションの男の子と恋をするほうがよっぽど変態だったのよ」

「変態でけっこう。どんな時代に生まれていようが、私はヒトとも、ヒトでないものとも、公平に恋をするわ。恋は、変態であることを引き受ける勇気のことを言うのよ」

「……私もそうよ。わかったわ、私たちが似た者親子だってことは。議論はもうけっこうよ」

母は薄ら笑いをやめて、低い声で言った。

「……私にとってはそれが『本能』だったのよ。たとえどんなに不気味がられようとね。私はその本能に従っただけよ」

「……」

黙って母を睨《にら》むと、母は苦々しい表情で顔の前で手を振った。

「ほら、用は済んだんでしょ。帰りなさいよ、あんたの清潔な家に」

「言われなくてもそうするわよ」

母の部屋には昔の書物や恋の話の古い映画のパッケージがぎっしりと並んでいる。まだヒト同士が直接交尾をして子供を産むのが当たり前だったころのものばかりだ。今と感覚が違いすぎて、こんな古めかしい恋愛映画を観ているのは母くらいだ。人工授精が飛躍的に発達する前、戦前や戦時中の映画がほとんどなのでフィルムも古く、内容も単調なものが多い。

映画の中のような古いドレスに身を包んだ人が、恋愛をして、結婚して家族と交尾をしていても、それほどの嫌悪感はない。昔はそれしか方法がなかったのだし、今とは時代が違うのだから、古い人類の資料を見ているような、冷静な気持ちになれる。けれど、それを現代になって未だに私の肉体に押し付けようとする母のことはおぞましくて吐き気がする。あなたが信じている「正しい」世界だって、この世界へのグラデーションの「途中」だったんだと叫びたくなる。

私たちはいつだって途中なのだ。どの世界に自分が洗脳されていようと、その洗脳で誰かを裁く権利などない。

荷物を抱えて部屋を出ようとすると、母がぽつりと言った。

「……私があんたを産んだのは、恋をしたからだったわ。でも誰も理解してくれなかった。生まれたときから世界は狂ってた。私だけは正常でいたかったの」

「お母さん。原始時代、人間は、多夫多妻制の乱婚制度が当たり前だったんだって。セックスは儀式で、儀式の日に若者が集まって集団で乱交して子供を孕《はら》んだんだって、何かで読んだわ。でも、それを今やってる人がいたらその人は狂人でしょう？　お母さんのやってることはそれと同じ。時代は変化してるの。正常も変化してるの。昔の正常を引きずることは、発狂なのよ」

「そう。そうかもね。でもあんたは私が育てたのよ。忘れないで。私はあんたに、子守唄替わりに、『正しい世界』の物語を繰り返して聞かせた。

予言するわ。あんたは人類最後のセックスをする女になるわ。消えゆくものにとり憑《つ》かれて人生を送る呪いをかけておいたの。あんたを産むときにね」

「ふざけたこと言わないで」

「私はね、あんたが、狂った世界に負けずに『正常』であるように、正しい世界を赤ん坊のあんたに教え込んだの。あんたの魂に刻み付けたのよ。生まれて初めて見た世界は、魂の中から消えることは絶対にないわ。今はこの世界に染まっていても、必ずね」

もう話し合う気もせず、私は手に持っていた、母から手渡された野菜の入ったビニール袋を床に叩きつけた。「何するのよ！」母の怒声を無視して、部屋を飛び出す。

後ろから母の声が追ってくる。

「あんたは恋とセックスに呪われてるのよ！　あんたは必ず、いつか正気に戻るわ！　世界がいくら狂っていても、絶対に正常な本能を取り戻すわ。私があんたの魂に、しっかりと『正しい世界』を焼き付けたんだから！」

耳をふさいでマンションのドアを飛び出す。母の声はもう聞こえないのに、いつまでも走り続けていた。どこまでも、母の言葉が追いかけてきているような気がした。

数日たっても、母の言葉は呪いのように頭の中をまわっていた。

「雨音さん、どうしたんですかー？　具合でも悪いんですか？」

会社のそばのカフェで、ランチが進まない私の顔を、アミちゃんが心配そうに覗き込んだ。

「なんか、顔色悪いですよお。主任に言って、早退させてもらったほうがいいんじゃないですか？」

「ううん、大丈夫。ちょっと胃の調子が悪いだけ」

曖昧に笑うと、「そうですかあ」とアミちゃんは頷いた。

「間違ってたらごめんなさい、ひょっとして、もう人工授精始めた、とかですか？」

「え？」

「ほら、避妊器具外すと体調が崩れるって聞くし……もしくは、もう受精したとか……だったらなおさら、大事にしたほうがいいですよー」

「いや、違うよ、まだ始めてない」

慌てて否定すると、アミちゃんは「ならいいですけど……」とそれでも心配そうだった。

「……ねえアミちゃん、アミちゃんは子供、欲しいって言ってたよね。それって何で？　やっぱり、『家族』が欲しいから？」

「え？　どうしたんですか、急に。でも、そうですねえ……」

アミちゃんはアボカドまぐろ丼を口に運びながら、首をかしげた。

「何でだかわかんないですけど、とにかく欲しいんです。自分の血をわけた子供がいたら、すっごく愛せそうな気がするんですよね。私、基本的に人間好きじゃないんですけど、その子だけは可愛いんだろうなーって。だから、自分の子供と出会いたいんです。産まないと出会えないじゃないですか。だから産みたいんです」

「それって、本能？」

「かもしれませんね。女は、誰だってそういうとこ、あるんじゃないですかー？」

「そっか。そうだよね」

本能という言葉に、安心する。そうだ、だから私は、夫と子供をつくりたいのだ。そして夫と、もっと家族になりたい。

この下腹に命を宿したい。その子と三人で、私たちは家族としてさらに完成されるのだ。

そう思うと急にお腹がすいてきて、私は眼の前の冷めたパスタにフォークを伸ばした。

「雨音さん、胃が調子悪いなら、無理しないほうがいいですよ」

「急に食欲出ちゃった」

そう言って微笑んでみせると、「えー、何ですかそれ。やっぱり受精してるんじゃないですかあ？　怪しいなあー」と、アミちゃんが可笑しそうに笑った。

次の休日は、午後から水人とデートの約束をしていた。私たちが住むマンションのそばには、小さなギャラリーがたくさんある。そこで絵を観て、併設されているカフェでケーキを食べた。

ギャラリーにいるときから、水人はどこかそわそわしていた。

ケーキを食べおえて外に出て、何気なく水人と手を繋ごうとすると、するりとかわされた。

「天気もいいし、土手のほうへ行ってみない？」

水人が言った。

土手にはほとんど人がいなかった。私たちは水面の光を見ながら歩いていた。

「……水人、私に話があるんでしょ？」

「えっ？」

「悪い知らせは、早く知りたい」

そう言うと、水人は先生に叱られた男子生徒のように、しゅんとして俯いた。

「どうしてわかったの？」

「普通、わかるよ」

「……俺、もう雨音さんとは無理だと思う……」

「他に好きな人でも、できた？」

努めて明るく言うと、水人は小さく首を横に振った。

「違う、そういうわけじゃない……」

「なら、どうして？　私、ちゃんと理由は知りたい」

真っ直ぐに見つめると、水人は顔をあげた。

「ずっと言いだせなかったんだけど……つらいんだ」

水人は掠《かす》れた声で言った。そのしょげた様子が愛しくて、好きだなあ、とこんな時なのに、心の底で静かに思っていた。

「……つらいって？」

水人は言いにくそうに、か細い声を出した。

「……がつらいんだ」

「ごめん、聞こえない」

「……俺、『セックス』がつらいんだ」

はっとして見上げると、水人はばつが悪そうに顔を伏せた。

「……ずっと言いだせなかった。雨音さんのことは大好きだけど、セックスはつらかった。でも、雨音さんの恋人になるためならって、がんばってた。慣れれば平気になるのかと思ったけど、どんどん、つらくなってくだけだった……」

「わかった」

私は小さな声で言った。

「うん、よくわかった……」

本当はわかってなどいなかった。私は混乱していた。

私と水人は恋人で、愛し合っているからセックスしているのだと思っていた。「それってマスターベーション……というものなんじゃないかな？」という、水内くんの言葉が脳内に蘇る。あの言葉のとおり、私は水人を使ってマスターベーションしていただけなのだろうか。いや、水人だけじゃない。誰が相手のときも、私は結局、相手の肉体を使って自慰をしていただけなんじゃないだろうか。

私は孕まない子宮に、精子の泳がない精液を流し込む。

そのことに、もう何の意味があるのかわからなくなっている。

セックスなんて、もうこの世にないのではないだろうか。あのとき、水内くんがこっそり注意してくれたみたいに、私はセックスだと思い込んでマスターベーションしているだけなのだろうか。

実際、水人は、私と会うまでは膣口にペニスを入れたことなどなかった。失ったまま恋をして、それでなんの不足も感じていなかったのだ。

立ち尽くしてしまった私に、水人が近づいてきた。

「……ごめん……」

きっと、謝るのは私のほうなのだと思った。水人の身体を、ずっと自慰に利用していたのだから。けれど、言葉が出て来なかった。

「……わかった」

私はやっとのことで頷いた。

「もう、恋人として会うのはやめよう。最後に、手を繋いでもいい？」

「全部していいよ、雨音さんが望むなら。今日だけは恋人として、できることを全部したい」

「ううん、もういい。手以外の場所には触らないから」

私は、水人とキスをするのも怖くなっていた。それすら、水人には不気味なことだったのかもしれない。

「何かさせて。何でもいいんだ。特別なこと」

私は笑いそうになった。

「じゃ、精液が食べたい」

「え？」

「水人の精液が食べたいな。最後に」

「……」

「無理でしょう？　無理だから別れるんだもん、当然だよね。それなのに、どうして何でもできるなんて、ひどいこと言うの」

笑った私の手を、水人が摑んだ。

意地悪のつもりで言ったのに、水人は人気のないところまで私を連れてきた。

「少しなら、出せるよ。俺、本当に何でもしたいんだ。雨音さんの喜ぶことなら」

私は性行為が好きではない人間に強要するほど酔狂ではない。そう言いかえしたかったが、もう説明するのも面倒になっていた。

水人は私の手を引いて、橋の下の人目に付かない場所へ移動した。

「どこに出せばいい?」

そんなことしなくていいよ、と言いたかったのに言いだせなくて、私は黙って、手提げに入っていたからっぽのペットボトルを取り出した。

「雨音さん、少しだけ下を向いていてくれる?」

大きな瞳を伏せて苦しそうに水人が言うので、私は、水人は達するのを誰かに見られることもつらかったのだと思った。水人の絶頂は水人だけのもので、私が共有していいものではなかったのだ。

私はそのましゃがんでうずくまり、自分の腕の中に顔を埋めた。顔の前にできた暗闇の中に、できることなら沈んで行ってしまいたかった。

水人の声が聞こえなくなった。腕の中に作った暗闇を見つめながら、ひょっとして水人はもう立ち去ってしまったのではないかと思ったころ、「雨音さん、もういいよ」と、疲れたような水人の小さな声がした。

ほっとして上を向くと、青ざめた水人が、それでも真剣な表情で私を見つめて、透明の液体が少しだけ入ったペットボトルを差し出してくれた。

「……ありがとう」

本当は別にそんなものは欲しくなかったが、私はお礼を言って受け取った。

水人との幾度もの行為の中で、私は彼の透明な精液を何度も飲み込んだ。それも、水人にとってはきっとつらいことだったのだと思った。

「ねえ、雨音さん。それを食べるのって、どういう感じなの？　食事をするのとは、違うっていってたよね」

「違うよ、ぜんぜん」

私は笑いたくなった。水人は、私の行為の意味すらわかってなかったのだ。

「そうだよね。でも俺、雨音さんがいつも、俺のことを食べてくれてる感じがした。つらかったって言ったのは本当だけど、全部が全部、苦しかったわけじゃないんだ。あったかい気持ちになることもあったんだ」

「……」

「雨音さん、俺を食べてくれてありがとう」

私はうずくまって、少し生温かいペットボトルを握りしめたまま、立ち上がることができなかった。私は掠れた声で水人に問うた。

「ねえ、世界からセックスがなくなると思う？」

「突然、どうしたの？」

「昔の恋人が言ってたの。まるで予言するみたいに」

「わかんないけど、きっとなくならないよ。雨音さんがいる限り」

水人の声は優しかった。水人の顔を見ることができなくて、私はいつまでも、水人の少し汚れた水色のスニーカーを睨みつけていた。


家に帰ると夫がいた。

「どうしたの？　早かったね」

呑気な夫の声に、気が緩んで涙が出た。

「え、大丈夫？　何かあったの、雨音さん？」

慌てた様子の夫の着ている白いシャツに、嗚咽《おえつ》をあげながら顔を埋めた。

戸惑った様子の夫は、それでも、ゆっくりと背中を撫でてくれた。

それから夫は、私が泣き疲れて眠るまで、事情も聴かずに、ただ、私の背中を、ぽん、ぽん、と優しく叩き続けてくれた。


もう十月だというのに、私と夫は、夏にたまにやっていた水浴びを一緒にすることにした。

あまりに鬱々としている私を励まそうと、夫が提案してくれたのだった。

部屋中に暖房をきかせて、風呂場の予備暖房も点けると、一気に暑くなった。

この部屋の中だけで、夏が蘇ったみたいだ。くだらない無駄遣いをしていることが可笑しくて、私たちは笑いながら、それぞれの部屋で水着に着替えた。

水着の上からシャツを羽織る。家族とはいえ、夫に肌を見せることには慣れておらず、夫もそれは同じだ。

準備を終えたころには浴槽には程よく水が溜まっていた。暑さの中で長袖まで羽織った私たちは、額の汗を拭いながら風呂場へ行った。

浴槽は狭くて、二人いっぺんに入るのは無理だ。

まず、縁に並んで座ってバタ足を楽しんだ。夫より私のほうが上手にできた。

それから、交互に水の中に身体を入れてはしゃいだ。

「『家族』って不思議だよね。お互いに、あんまり肌を見せないじゃない？　でも、たとえば具合が悪いときとか、恋人に見せない吐いてる姿なんかも見せたりする。それで全然恥ずかしくない。面白いよね」

「それが『家族』なんだよ。うん、こうしているとやっぱり雨音さんは特別だな。『家族』だからかな、やっぱり」

「子供ができるのが楽しみだね。自分たちの遺伝子を受け継いだ子って、可愛いだろうな。男の子がいい？　女の子がいい？」

「女の子がいいな。あ、でも、女の子は思春期が早いからなあ。パパとはもうお風呂に入らない、なんてすぐ言われるようになっちゃうんだろうなあ」

「気が早いよ、ははは。でも女の子は初恋も早いっていうしね」

ははは、ははは、ふふふ、ははは、ふふふ、と私たちは笑い声をあげる。幸福な家から出る音色を鳴らす。きっと数年後にはここに、私たちの子供の笑い声も加わって、私たちはもっと大きな音で、幸福な家の音を鳴らし続ける。

家族、家族、家族、その呪文を唱えるたびに、私は安心していく。

恋を失っても、私には家族がいる。子供だって産む。

私は子宮で世界と繋がっているのだ。

そのことは、私を安堵させた。

「ねえ朔くん、子供の名前って考えてる？」

「うん、もちろん。男の子でも女の子でも、少し古風な名前がいいな。時代劇に出てくるみたいな」

「うん、いいね。しっかりした子に育ちそう。日本人らしい名前って、風情があっていいよね」

「僕たちの名前から一字とってもいいと思うけどね。ほら、雨音さんなら雨とか音とか、僕の朔とか、どこかに入れてもいいいな」

「それもいいね。今から悩んじゃうなあ」

私たちはまた声をあげて笑った。風呂場に私たちの笑い声が重なり合って響く。まるで、二人で示し合わせて演奏しているみたいに。

「朔くんは、何で子供が欲しいって思うの？」

「急にどうしたの？　自分の遺伝子を残したい。大きくなっていく姿を見るのが楽しみ。老後だって安心だ。僕たちの絆もますます深まる。欲しくない理由を探すほうが大変だな」

「そうだよね」

「そうだよ。外で嫌なことがあっても、家に帰って子供の笑い声がすれば忘れられる。『家族』はすべての人間にとってライフワークなんだよ」

夫はまた笑った。私も、乾いた笑い声をあげた。

さんざん遊んで、まるで本当にプールで泳いだ後のように、身体が重く疲れていた。

私たちは冷えた身体をタオルで温めながら、テーブルの上に置きっぱなしにしていた季節外れのスイカを食べた。

「喉が渇いたな。ビールある？」

「ワインしかないよ。身体がますます冷えちゃうよ」

「アルコールを飲めば温まるよ」

夫はワインをついで飲み始めた。

スイカとワインの組み合わせは不思議だったが、私のグラスも出してくれたので、私たちは赤ワインで乾杯して飲み始めた。

何となくテレビを点けると、ちょうど千葉の実験都市での第十次妊娠のニュースをやっていた。

街がはじまって十回目のクリスマスに人工授精された子供が画面に映っている。

スイカを食べながら、夫が言った。

「第一次妊娠の子供は、もう九歳だよね。九九とか、もうとっくに習ってるのかなあ」

「そうじゃない？　どんな子に育つんだろうね」

「そうだよね。楽しみだよね。今までの『家族（ファミリー）システム』に比べると、完璧な幼少期を過ごすことができるから、すごく優秀な子供になるんだって」

「ほんとにそうなのかなあ。ニュースって誇張ばかりだから」

「あ、ほら、ここ！　雨音さんの育った家のそばじゃない⁉」

ひどく興奮して夫が身を乗り出した。

テレビを見ると、確かに自分が育った街の駅が小さく映っていた。

「ずいぶん興味があるんだね」

あまり興奮することがない夫がやけに興味を示すのでそう言うと、夫は「そういうわけじゃないけど……」と口ごもった。

「でも、これはすごいことだよ。家族というシステム以外でもヒトは育つか。子供は育ち、ちゃんと子孫を繁栄させていけるか。画期的だよ」

「そうかなあ。今までの実験は小さな街だから成功したけれど、千葉全体でなんて、本当にうまくいくのかな」

あまり興味を持てなくて肩をすくめると、夫は食べかけのスイカをテーブルに置きながら言った。

「僕は面白いと思うけどな。人工授精で子供が生まれるようになって、家族関係は希薄になったしね。あ、僕と雨音さんがそうだっていうんじゃないよ。一般論だよ」

「わかってるよ」

夫は酷く熱心で、もうスイカに口をつけようともせずテレビに見入っている。

「今度の日曜、千葉のほうに買いものに行ってみない？　乗り物も最先端だし、大きなショッピングモールもたくさんあるみたいだよ。中に入るのには手続きがいるけれど、日帰りの観光なら簡単らしいよ」

「いいけど、デートは大丈夫なの？」

日曜日は夫のデートの日のはずだ。

「……いいんだ。今週末は予定はないよ」

夫は小さな声で言った。

いつのまにかワインの瓶《びん》があいている。私はまだグラスをあけていないから、残りは全部夫が飲んだのだろう。

「もうワインないよ」

冷蔵庫を探しにいった夫に言う。

「こんなのがあった。さっさと飲んでしまおう」

夫はどこかからお土産《みやげ》でもらったらしい、白酒《パイチユウ》という中国の強いお酒を持ってきて飲み始めた。

「大丈夫？　それ、四十度くらいあるやつでしょ。割ったりしたほうがいいんじゃない？」

「いや、これはこのままでいいんだ。雨音さんも飲む？」

私は首を横に振った。

こちらまでアルコールの匂いが漂ってくる。飲みなれない酒を飲んだせいか、夫の頬も耳も赤くなっている。

夫はあまり恋人とうまくいっていないのだろう。飲まずにはいられないのかもしれない。私は話をそらそうと、テレビを指差した。

「ほらここ、すごく綺麗な公園だったのに。新しいマンションがたくさんできちゃってる」

画面の中では、私が小さいころに母に連れて行ってもらったことがある公園がすっかり様変わりしてしまっていた。

「なんか、模型みたい」

「模型、確かにそうだよ」

夫は奇妙に力強い声で言った。

「これは実験なんだ。違うシステムの中にヒトを入れてみてもちゃんと繁殖するか。実験都市はその実験のためにマウスを入れる箱なんだよ」

「実験が成功したらどうなるのかな」

「この世界から『家族』という概念が消えてなくなるかもしれないな。そんな予感がするんだ」

夫は熱に浮かされたようだった。

「そのほうがずっと合理的だよ。だって、僕たちだって何で『家族』なのかよくわからないじゃないか。婚活パーティーで知り合って、条件が合って、それなりに気が合いそうというだけでまるで姉弟のように暮らしてる」

酔っぱらっているのか、夫は呂律《ろれつ》がまわらない口調で言った。

「『家族』と銘打った人間が本当は他人とどう違うのか、もう誰にもわからなくなってる。本当は、僕らはもうすでに失っているんだよ」

「……」

夫は酒臭い息を吐きながら、饒舌だった。かなり酔っているようで、頭が左右に揺れている。

私は押し黙ってその横顔を見つめた。

「家族」はついさっきまで、私たち二人の大切な宗教だったではないか。酔っているなら、これが夫の本音なのだろうか。私たちは、家族という宗教の敬虔《けいけん》な信者で、だからこそこうして、たいして知りもしない他人同士が同じ部屋の中で安心しきって暮らしているというのに。

夫の黒い瞳は画面を見据えたまま動かない。

「変化した僕らに追いついて、世界が形を変えつつある。それだけなんだよ」

急に吐き気がこみあげて、私はトイレに駆け込んだ。

飲んだばかりのワインが逆流してこみあげてきて、赤い嘔吐物がトイレに流れていく。リビングから、夫の笑い声が聞こえた気がした。


私は有休をとって、一人で人工授精のカウンセリングに行っていた。

子供ができれば、この狂ったように繰り返される発情期も終わるのではないかという気がしたのだ。

検査のあと、人工授精の技術は飛躍的に進化して、今は痛みもほとんどないし成功率も高いのだと説明を受けた。

眼鏡をかけた、私より少し年上の、優しそうな男性の医師だった。

「こちらからの説明は以上です。何か質問はありますか?」

「あの……変なことを聞いてもいいですか」

「もちろん。何ですか?」

「……もし、人工授精の技術がここまで発達しなかったら、人類は今でもセックスをして妊娠していたと思いますか?」

医師は優しそうな目を細めて、

「まあ、そうでしょうね。それしかなかったら、そうするしかないですから」

と言った。

「私、両親がセックスをして生まれたんです」

「そうですか。随分古風ですね」

「……あの、もしも、男性も妊娠するようになったら、家族制度はなくなると思いますか……?」

私は小さな声で尋ねた。

膣には、医者の膣鏡の冷たい感触が、まだ残っていた。

私は子宮のある動物だ。

夫と話していると、ふと、私は私である以前に、夫の子宮なのではないかという気持ちになることがある。

夫がおまじないのように繰り返し唱える「家族」という言葉は、私を自分の子宮にするための呪詛《じゅそ》なのではないかと、ふと怖くなる瞬間がある。

「そうですね。そういうこともあるかもしれませんね」

医者の言葉に、何を言っていいのかわからなくなり言葉を詰まらせていると、医師が優しい声で語りかけてきた。

「全く関係ない話かもしれませんが、私の大叔父は本人の強い希望で、土葬で埋葬されたんですよ」

「……」

「古風でしょう。古い風習は、たまに思いがけない場所で、細々と残っていたりするものですよ」

「……」

「それだけです。何も特別なことではないですよ」

私はなぜか涙ぐみそうになり、「はい」と掠れた声で頷くのが精いっぱいだった。

病院を出たあと、夫には会社に行ったことになっているのでなんとなく帰りづらく、外の公園で時間をつぶして帰った。ぼんやりしていたせいか、気がつくともう薄暗くなっていた。心配をかけたかもしれないと思って玄関を開けると、家の中が暗かった。

夫は恋人と会っているのかもしれないと思いながらリビングに入ると、ソファに青白い顔をした夫が横たわっていた。

咄嗟に、死んだのかもしれないと思って駆け寄った。

触れると、体温がちゃんとある。ほっと息をついて、その体温に縋《すが》るように、夫の肩を摑んだ。

「朔くん、朔くん」

揺さぶると、夫はうっすらと瞼を開いた。

「……ああ、雨音さん。おかえり」

「どうしたの？　こんなに飲んで」

テーブルの上には何本ものワインの瓶が転がっていた。

夫が口を押さえて立ち上がったので、トイレに行き、嘔吐する夫の背中を撫でた。吐いても夫の顔色は少しも戻らず、またリビングに戻ってソファにもたれかかった。

「寝室に行ったら？　肩貸すよ。少し眠ったほうがいいよ」

「いや、大丈夫」

「全然大丈夫じゃないよ。死にそうな顔してるよ」

死、という言葉に夫の身体が反応して震えた。

そのとき、テーブルの上で携帯電話が鳴った。

見ると、夫の恋人の名前が表示されている。

「朔くん、彼女だよ」

「……いや、今は出たくない」

「だめだよ。ほら」

携帯を渡すと、夫は青い顔で電話を耳に当てた。

「……はい。もしもし？　……ええ、はい、僕が雨宮朔です。え？　もしもし？」

携帯から微かに、男性のような声が漏《も》れてくる。彼女が相手ではない様子に、私は不安になって夫の横顔をじっと見つめていた。

「はい。はい……彼女は無事なんですか？　わかりました、はい、はい……」

電話が終わり、夫は頭を抱えてソファにへたりこんだ。

「どうしたの？　何かあったの？」

夫の背中を撫でて聞くと、夫が絞り出すように言った。

「……救急隊員からだった。彼女が自殺未遂をしたんだ」

「えっ⁉」

「彼女には家族がいない。けれど、僕の顔を見てもきっと悪くなるだけだ……」

「そんなのだめだよ。すぐに行こう。病院はどこ？」

夫は頭を抱えたまま、都内の病院の名前を掠れた声で呟いた。

「すぐに行こう。支度して。ほら！」

私は無理矢理夫に財布と携帯を持たせ、自分もハンドバッグを持ち、急いで家を出た。


病院は、家からタクシーで二十分ほどの場所にあった。

「僕は顔を見れない」

呟く夫を廊下に置いて、私は病室に入った。

病室と言ってもドアはなくて、いつでも看護師が駆け込めるようになっていた。奥のベッドはあいていて、手前のベッドはカーテンが閉まっていた。私は入口で一応手をアルコール消毒して、ドアの代わりに壁をノックした。

「……こんにちは」

声をかけると、ベッドが軋む音がした。

「あの、そのままで。私、朔くんの妻の雨音です。覚えてますか？」

「……雨音さん？」

小さな声がした。

「懐かしい……来てくれたんですね。こんな姿でごめんなさい」

「いえ……」

「そんなところに立ってないで、どうぞこちらへ」

カーテンが揺れて、小さな手が見えた。私は急いでその手に近付き、ベッドの周りに閉められたカーテンの中へと入った。

そこには夫の恋人が横になっていた。

数年前、夫と食事をしたときに比べると、随分痩せている。あのときから細かったが、今は手足が棒のようだ。

身体も一回り小さくなったように感じた。きりっとした大きな瞳は変わっておらず、黒く短い髪と大きな瞳が、白いシーツの中ではっとするほど鮮明だった。

痩せこけた彼女は以前会ったキャリアウーマン風のイメージとはかけ離れていて、まるで十代の拒食症の少女のようだった。

「……お身体は、大丈夫ですか?」

彼女の手首には包帯が巻かれている。腕には点滴が刺さっていた。

彼女は小さく笑った。

「傷のほうは大したことないの。栄養失調のほうが重大だって、お医者様に叱られちゃった」

思ったよりも気丈な様子に少しほっとして、

「心配しましたよ」

と言った。

「雨音さん、変わらないね。懐かしくて、顔見たら安心しちゃった」

微笑む彼女に、廊下に夫がいることを告げるべきかどうか悩んでいると、彼女が真っ黒な瞳でこちらを見上げてきた。

「彼、外にいるんでしょ？」

「……ええ」

夫は外の椅子にそわそわと腰かけているのだろう。たまに、夫の靴の底のゴムが床と擦《こす》れる音が、きゅっと響いていた。こちらの会話も、廊下まで筒抜けなのかもしれなかった。

「じゃあ、伝えといて、もう二度と会えないって」

息を呑んだが、彼女の真っ直ぐな眼差しは揺らがなかった。

「……もう、朔くんのこと、好きじゃないんですか？」

「好きよ。だからもう会えないの」

廊下にまでこの言葉は響いているのだろうか。外から、冷たい空気が漂ってきている気がした。

「……あの、今はあなたも動転してると思うし、そういう話は落ち着いてからでも……」

「駄目よ。ちゃんと伝えて。もう決めてるの」

彼女の視線から目をそらすことができないまま、私は小さい声で精いっぱい言った。

「朔くんは、まだあなたのことを愛してます」

「私もよ。でも、もう無理なの」

彼女は小さな溜息をつき、黒い瞳の先が天井へとうつった。

「……私たち人間は、もう恋をするような仕組みじゃなくなってきてるのよ」

彼女は痩せこけた指で、自分の心臓を撫でるように、胸元に手をやった。

「朔のことは大切だけれど、恋という名前の感情が、私にはよくわからなくなってきているの。でも朔は恋にとり憑かれてる。彼のことがちょっと怖くなるときがあるの。私まで、恋をする機械人形にさせられてしまうみたいで」

「……あの、二人で話し合えば……なにかきっと、打開案が見つかるんじゃないかって……」

「もう無理よ。ごめんなさい。あなたの旦那様と、上手に恋ができなくて」

彼女は小さく笑い、それまで動かさなかった身体を急に回転させて、点滴が刺さった腕を私に伸ばしてきた。

白いシーツの中を泳ぐように漆黒《しっこく》の髪が流れ、細い指が私に伸びてきて、握手を求められているのだと気が付いた。

私は戸惑いながら、その小さな手を握った。

「さよなら、と伝えておいて」

その声にも、彼女の手にも、温度はなかった。

私はもう彼女は本当は死んでしまっているんじゃないか、という気持ちになりながら、微かに頷いた。

病室の外の廊下では、夫が椅子に座っていた。

「……聞こえてた？」

小さな声で尋ねると、夫は弱々しく笑って、微かに頷いた。

私たちは黙ったまま家に向かった。

いつの間にか手を繋いでいた。夫の手は、恋人の手と同様に冷たかった。

「雪だ。まだ十月なのに」

夫が呟いた。

夫が何か幻影でも見ているのではないかと思ったが、見上げると、確かに白く輝いた粒が黒い空から舞っているのが見えた。

よく見ると、それは雪ではなく小さな雨の粒だった。街灯を反射して雪のように光っているのだった。

私は無数に落ちてくる光の粒に見とれていたが、霧雨のように細かった雨は次第に強くなり、大きな黒い塊《かたまり》になって私たちを濡らし始めた。

「……ああ、もう雨になった。一瞬だったな」

夫には本当に雪が降っていたのかもしれない。夫の髪の中でまだ光の粒が輝いていた。

私は冷えきった夫の手を、強く握った。夫の骨が、手の中で蠢いていた。

「……駆け落ちしようか」

不意に夫が言った。

「……え？」

「もうそんなものは世界からなくなりかかっているのに、僕たちはとり憑かれたように恋とセックスの真似事を続けている。……もう限界だ」

掌の中で、夫の骨が震えていた。

「……恋のない世界へ、二人で逃げよう」

掠れた声を聴いて、おかしなことを言うと思った。駆け落ちなんてする人は現代ではいない。それは大昔に、恋をした二人がしていたものなのではないのか。

「うん。そうだね。逃げよう」

それなのに、私は即座に頷いていた。

夫は私の家族だ。私の守るべきたった一人の存在だ。

夫が逃げるというなら逃げよう。夫の逃げたい場所へ彼の魂を連れて行ってあげよう。そう思ったのだ。


「もう十月も後半だね。早いな」

駆け落ちとはいっても、千葉へ行くには申請書と許可証がいる。私たちはすぐに区役所へ行き、手続きをした。

千葉へ行く日は光の粒が降った日の二週間後に決まった。その時点で紙の上での婚姻関係は解消されることになるが、私たちは指輪を外さなかった。

一度千葉へ移住したら、最低でも二年はいなくてはならない。その誓約書にも同意した。千葉の中で仕事を探すことになるため、会社は辞めた。千葉へ行くとは誰にも言わなかったので、上司も同僚も、妊娠が理由だと思ったのか、祝福してくれた。

こうして自分の身の回りを整頓してみると、自分の人生には夫と未来の子供以外何もないのだと気が付いた。それはとても幸福な発見だった。

「ごめんね。雨音さんを巻き込んで」

荷造りをしながら、夫が小さな声で言った。

「何言ってるの。家族じゃない。駆け落ちするときだって一緒なのが家族でしょ」

笑ってみせると、夫もつられたように少しだけ表情を緩めた。

引っ越しの日、大きな荷物は業者に頼み、私たちは身の回りの荷物だけを鞄に詰め込んで、千葉行の電車へと乗り込んだ。

雑然としていた窓の外が、千葉に入ってから少しずつ、白いビルと緑だけの世界になっていく。

映画を観るように、私たちは並んで座って反対側の座席の窓の外の光景を見ていた。千葉に入るには、まず成田で手続きをしなくてはいけない。本当に、どこか外国へでも行くような気分だった。

電車は時折小さなトンネルに入り、そのたびに窓の外は真っ黒になり、微かなライトだけが眼の前に広がった。私は、夫の手を握る手に力をこめた。

「ねえ、なんだか私たち、ヘンゼルとグレーテルみたいだね」

「手を繋いで逃げている感じが？　どちらかというと、チルチルとミチルじゃないかな？」

「そうかも。青い鳥を探しに行くんだね、私たち」

何もおかしくなんかないのに、私たちは顔を見合わせて笑った。

何かから逃げてるようでもあったし、何かを追いかけているようでもあった。どちらにしても、私たちは家族で、運命共同体なのだった。

「千葉に行っても、私たちだけは、ちゃんと家族を続けようね」

「当たり前だよ。子供だって、センターになんか預けるもんか。二人でこっそり育てよう」

トンネルを抜けた電車の窓から突然大量の光が入ってきて、私たちが座る車両を満たした。

私たちは光の中で手を繋いでいた。

並んだ爪先が、光の中に小さな影を落としていた。

III

遠くから電車のアナウンスが聞こえ、うとうとしていた私はうっすらと目を開いた。

外は夕方だった。電車に乗っていた人たちも、荷物を持って降りていく。

遠くから飛行機が飛ぶ音が聞こえる。何か大きな動物の呻《うな》り声のようだった。

私は隣で眠っている夫を揺り動かした。

「朔《さく》くん、着いたよ」

「……ああ」

寝ぼけた声をあげて、夫がうっすらと目をあけた。

私たちは荷物を持って急いで電車を降り、成田空港へ向かった。

千葉に入るためには、空港で手続きをとらなければならない。大きなトランクを持っている旅行者たちの列を横目で見ながら、ほとんど人がいない千葉への入県手続き所へと向かった。

まるで本当に外国へ行くように、観光目的か移住目的か、移住目的ならちゃんと許可証があるか、本人かどうか、などのチェックをされる。ゲートの中に入ったときには、もう外は薄暗くなっていた。

成田空港から直通のバスに乗り、一時間揺られてこれから自分たちが住む街に着いたころには、辺りは真っ暗になっていた。

街灯の微かな光と、マンションの窓から漏《も》れる明かりを頼りにさまよって、やっとこれから自分たちが住むマンションに辿《たど》りついた。

マンションは予め手続きを終えてあり、最上階の八階に住む大家さんから鍵をもらって、中に入った。

夫は705号室、私は隣の704号室だった。両方ワンルームだが、夫の部屋のほうを寝室に、私の部屋をリビングにすると決めていた。

疲れ切っていた私たちは、がらんとした704号室で空港で買った弁当を冷えたまま食べ、705号室の方へいき、床の上で、鞄《かばん》に入れてきた寝袋に入って眠った。

「なんかキャンプみたいだね」

「明日になればベッドが届く。そうしたら、本当の新生活の始まりだね」

身体は疲れているのに目が冴えていて、私たちはぼそりぼそりと会話をした。寝室が別だったときには知らなかったが、夫は部屋をまっくらにしないと寝られない体質らしい。カーテンもないので、外には他のマンションの光が並んでいた。

遠くのタワーマンションの小さな窓の光が星に見えるね、などと他愛もない話をしていると、夫がくしゃみをした。

「寒い？　暖房は入ってるけど……もうすこし近づこうか」

「ああ、ありがとう」

私たちは肩を寄せ合って目を閉じた。結婚してから、一番距離が近くなった瞬間かもしれなかった。

夫の体温は、いつものように猫や小鳥のような、単純で性の匂いがしない温もりだった。私は安心して、眠りに落ちながらその体温の中に沈んでいった。


外から差し込む光で目が覚めた。

起き上がって窓の外を見て驚いた。昨日は暗くてわからなかったが、窓の外はびっくりするほど整った、美しい街並みだった。

こうして見下ろすと街は模型のようだった。真っ白なマンションが遠くまで並んでいて、中央には淡い水色の遊歩道がある。歩道の脇には黄緑色の、同じ形をした街路樹が遠くまで並んでいる。

いくつか公園があり、水色の砂利が敷かれている。駅前の広場は水色のコンクリートで覆われている。小さな人影がいくつか、その上を歩いているのが見える。まるで空の中で暮らしているみたいだった。

夫を起こさないように部屋を出て、近くにあるコンビニに向かった。

この街ができてもう十年ほど経つはずなのに、十歳の街とはこんなに綺麗なものなのかと、辺りを見回しながら歩いた。

買い物を終えて部屋に戻ると、夫が起き上がって寝袋を畳《たた》んでいるところだった。

「あ、おかえり。どこ行ってたの。リビングのほうを探しに行こうかと思ってたんだ」

「朝ご飯買いに行ってたの。はい」

ミネラルウォーターとサンドイッチを渡すと、夫はうれしそうに受け取った。

「ありがとう」

今日は引っ越し業者から荷物が届く予定だった。千葉県への引っ越しは手続きに時間がかかるので、荷物が翌日配送になる。トラックも、一旦成田を通過しなくてはならないからだ。

食事を終え、部屋を雑巾《ぞうきん》がけしていると、チャイムが鳴った。

「ベッドはこっちの部屋に。あ、冷蔵庫は隣の部屋です。テーブルも」

家具をふたつの部屋に分けて運ぶ私たちに不思議そうな顔をしつつ、荷物を運び終えると業者の人は帰って行った。

「ありがとうございます」

ドアが二つあるというだけで、ここは完璧な私たちの家だった。ソファとテーブルは私の部屋、ベッドと着替えは夫の部屋。まったく同じ間取りのワンルームを行き来しながら、私たちは自分たちの住処を整えた。

大体の片付けを終えると、二人で上の階へ行き、大家さんに挨拶《あいさつ》をした。昨夜、鍵を受け取ったときは時間も遅く、ゆっくり挨拶ができなかったからだ。

「お友達同士で隣に住むなんて、珍しいですね」

大家さんは優しそうな年配の男性だった。私たちを見て彼は目を細めて笑った。

この街では、基本的に一人暮らしが推奨されている。夫婦や家族という概念を持ち込まれると風紀が乱れるのでそれに準ずる関係性を持つことは実験都市としてはふさわしくないとされてしまうのだ。

私たちが「夫婦」であることを悟られないように、私は用心深く答えた。

「ええ、とっても仲のいい友人で。二人とも料理が好きで、いつも作りすぎちゃうんで、おすそわけできる距離だと便利なんです」

「そうですか。それはいいですね。私なんていつも出来合いの料理で」

「あ、こんどお持ちしますよ」

夫の言葉に、「それはうれしいですね」と目じりに皺《しわ》を寄せて笑う。私たちの関係を疑っているようには見えなかった。

「公園へは行きましたか？　今日は平日ですが、午後には『子供ちゃん』と遊べますよ」

「いえ、まだです」

夫が首を振った。

「よかったらお連れしますよ。三時くらいにマンションの前でいかがですか？　お疲れでなければ」

「ぜひお願いします」

夫はうれしそうに頷《うなず》いた。

私は正直、疲れていたのでもう休みたかったが、「私も行きたいです」と笑顔を作った。

「では、あとで。ここでの生活は楽しいですよ。困ったら何でも仰ってくださいね」

人の好さそうな笑みを浮かべる大家さんに、私たちは「これからよろしくお願いします」と二人で頭を下げた。


大家さんが連れてきてくれたのは、駅前の広い公園だった。そこにも水色の砂利が敷かれていて、空の中を歩いているようだった。

公園に入ると、白いスモックを着た子供たちが一斉に振り向いた。

「『おかあさん』」

「『おかあさん』、こんにちは」

子供たちは一様に耳の下で切りそろえたおかっぱ頭をしていて、一見してどの子が男の子でどの子が女の子なのか、区別がつかなかった。

はしゃいで走り寄ってきた一人の子供を、「はいはい、『おかあさん』ですよ」と大家さんが微笑んで抱きとめた。

「『おかあさん』」

この世界では、誰もがすべての子供たちの「おかあさん」なのだと、ニュースで知っていたとはいえ、実際に目の前にすると面食らってしまう。

実験都市が始まってまだ十年なので、大人のほかは九歳までの子供しかいなかった。子供は年齢ごとにグループに分かれ、赤ちゃんは専用の建物の中にいて、幼稚園くらいの子供はセンターの職員が横について遊ばせている。それより大きな子供は、それぞれグラウンドでサッカーをしたり、ブランコで遊んだりしていた。

私は見ず知らずの子が「おかあさん」とじゃれついてくるのに戸惑い、じゃれついてくる子供をどうしていいかわからなかった。夫はうれしそうに、寄ってきた子供たちの頭を撫《な》でた。

子供たちは、愛玩動物のように振る舞うのに慣れていた。

公園の鳩のように群がっている子供の一人を抱き上げながら、大家さんが言った。

「そうそう、そうやって可愛がってあげてください。『子供ちゃん』に、『自分は人類の子供として、世界から愛されている』という感覚を与え続けるのが、私たち『おかあさん』の大切な仕事なんですから」

私は戸惑いながらも、寄ってきた子供のうち、私のスカートの裾《すそ》を握りしめている一人の頭を撫でてみた。

子供の体温は高く、体中のどこもかしこもぐにゃりと柔らかくて、気持ちが悪かった。

公園には、私たちの他にもたくさんの「おかあさん」がいた。若い女性もいれば、中年の男性もいる。「子供ちゃん」は白いスモックにハーフパンツという姿でいろんな「おかあさん」の掌《てのひら》に優しく撫でられ、甘い声をかけられ、全身に愛情を浴びながら愛され続けている。遠くから見ると、まるで空の中で天使が戯れているように見えた。

職員が近づいてきて、私たちに話しかけた。

「初めての『おかあさん』活動ですか？」

「そうです。昨日の夜越してきて」

「緊張しないで、『子供ちゃん』と楽しく遊んであげてくださいね。思うように可愛がっていいんですよ。どんな愛情のシャワーでも、『子供ちゃん』は全身で受け止めてくれますから」

職員は白いスーツに身を包み、「子供ちゃん」と同じおかっぱ頭だった。ニュースで、職員は「おかあさん」ではなく、子供たちのお手本になる兄姉のような存在だと聞いた。確かに、「子供ちゃん」は、職員には甘えず、私たちにばかり「おかあさん、おかあさん」とじゃれついてくる。

夫は夢中になって、子供たちの頭を撫でたり抱きしめたりしている。私もおそるおそる、足元にしがみついていた小さな「子供ちゃん」を抱き上げた。

「子供ちゃん」の身体は白アスパラのような柔らかさで、うっかりすると折ったり壊したりしてしまいそうだった。まごついていると、

「こうやって、お尻と背中を支えて抱っこしてあげてくださいねー」

と職員が慣れた手つきで教えてくれた。

ようやく私の腕の中で安定すると、「子供ちゃん」は心から安心したような笑顔を浮かべ、私に顔をすりよせた。

向こうの砂場では泣いている「子供ちゃん」もいる。大人たちはそれすらも楽しいというように、あの手この手で「子供ちゃん」をあやして笑い声をあげていた。

「わあ、この子、お漏《も》らししてるみたいだよ」

「ええ、ほんとほんと？　私にやらせてー！」

オムツがまだとれない子供は特にひっぱりだこで、オムツの交換などを皆、嬉々としてやっていた。

泣くのもお漏らしするのも楽しみの一つのように扱われていた。公園の猫に餌でもやるように、皆、「わー」「かわいー」と言いながら子供たちに群がって、可愛がっている。

まるで、街全体でヒトの子供というペットを飼っているような光景だった。職員たちは「子

供ちゃん」をあやす「おかあさん」たちの横で常に待機していて、何かあったらいつでも対処できるよう待ち構えていた。

「『子供ちゃん』、こっちへおいで、おいで」

夫も身を乗り出して、おかっぱ頭に白いスモックという統一された姿の「子供ちゃん」の一人を呼びよせて抱き上げた。

夫の腕の中の「子供ちゃん」は人に慣れているらしく、夫がほっぺたを撫でても大人しくされるがままになっている。職員が近づいてきて、

「この子は、背中を撫でてあげると喜ぶんですよ」

と言うのでその通りにすると、きゃはは、と高い声でくすぐったそうに身をよじらせて子供が笑った。

子供の鼻水を拭きながら、夫が職員に尋ねた。

「あの、あそこにあるお菓子を与えてもいいですか?」

「100キロカロリーまでならいいですよ。こちらに専用のクッキーがあるので、食べさせてあげてください」

私たちは子供用の小さなクッキーを一枚ずつうけとり、小さく割って「子供ちゃん」に与えた。

「子供ちゃん」はうれしそうにそれを食べている。指先に「子供ちゃん」の生ぬるい唾液《だえき》がつ

いて、私は顔をしかめた。

夫は可愛い、可愛いとうれしそうだったが、私はうすら寒い気持ちだった。ヒトの子供をまるでペットのように可愛がるだけ可愛がり、責任は持たずに自分ひとりが住む自由な家へと帰っていく。本当に、こんなことで子供たちは自分が「世界から愛される存在だ」と感じることができるのか疑問だった。

「猫カフェみたいだね。無責任に可愛がって、飽《あ》きたら家に帰ればいいいんだもんね」

嫌味のつもりで言うと、夫は声をあげて笑った。

「はは、そうだね、ここは巨大な『赤ちゃんカフェ』みたいなものだなあ。ほら見て、あっちの子、あんなに元気に駆け回ってる」

うれしそうな夫の姿も含めて、この光景が奇妙だと思った。真っ白なスモックに身を包んで均一な髪形をしている「子供ちゃん」たちも、どこか異様な雰囲気を醸し出している。

「どうですか？　可愛いでしょう、『子供ちゃん』は」

近づいてきた大家さんが抱いている子供を見て、違和感の正体に気が付いた。

「子供ちゃん」は遺伝子が違うので、それぞれ顔立ちは異なる。けれど、夫が抱いている「子供ちゃん」と、大家さんが抱いている「子供ちゃん」は、表情がまるで同じだったのだ。

夫の腕の中の鼻が大きな「子供ちゃん」と、大家さんの顔を見上げている色の黒い「子供ちゃん」は、まったく同じ顔の筋肉の動かし方で、目を細め、口を開いて笑顔を作っている。よく見ると、「子供ちゃん」のお兄さんお姉さんである職員たちも、同じ顔の筋肉の動かし方で笑っている。

子供は大人を見て育つ。「お手本」となる職員が、全員同じ髪形で、同じ表情、喋《しゃべ》り方なのだから、それが刷り込まれて育っている「子供ちゃん」たちが同じ表情を浮かべるようになるのも、当然なのかもしれなかった。

私はぞっとした。これではまるで、均一で都合のいい「ヒト」を制作するための工場ではないか。

夫は何も気が付かずに、「子供ちゃん」を抱きしめている。夫の腕の中の「子供ちゃん」とまったく同じように目を見開いて口角をあげて笑った「子供ちゃん」が私の足元にじゃれついてきた。

思わず足をひっこめると、「子供ちゃん」は声をあげて泣き始めた。その泣き顔すら、あっちのほうで泣いている何人かの「子供ちゃん」と同じように顔の筋肉を歪《ゆが》めているように見えた。

「あらあら、どうしたのかしら」

他の「おかあさん」がうれしそうに寄ってきて、泣いている子供を抱き上げた。

「ほら、雨音《あまね》さん、駄目じゃないか、子供たちに『愛情のシャワー』を浴びせないと」

夫があげた笑い声が、世界が軋《きし》む異音に聞こえた。

「実験都市・楽園（エデン）では、子供たちは新しいシステムの中で育てられます。心理学・社会学の観点から徹底的に研究されて完成した、『楽園（エデン）システム』です。

『家族（ファミリー）システム』は、知能が高い動物には不向きな繁殖システムであることは、各研究所の論文により証明されています。『楽園（エデン）』では、全員がすべての『ヒト』の子供であり、『おかあさん』です。まるで、アダムとイヴが禁断の果実を食べる前にいた、愛に満ち溢《あふ》れた世界のように。

『ヒト』の子供を育てるための餌と巣はすべてセンターが提供します。センターでは、それぞれの脳の発達に合わせ、また心理学的観点からも十分に配慮して、個性に合わせたカリキュラムで子供を教育します。生活面からもコントロールすることで、すべての子供を優秀な人材に育てることができます。

『楽園（エデン）』での大人たちの義務は二つ。一つ目の義務は、葉書がきたら年齢・男女問わず受精して、繁殖に肉体的に協力すること。二つ目の義務は、子供たちの育成に精神面で協力すること。具体的には、すべての大人が、子供たちに『愛情のシャワー』を浴びせる存在になることです。

近年の研究で、旧来の家族システムのような形ではなく、『世界全体から愛されている』という感覚を得ながら育った子供のほうが、優秀で、安定した精神を持った状態に育つことが証明されています。皆さんは子供たちに『愛情のシャワー』を浴びせる存在になり、人類の命を繋《つな》いでいく存在として、十分に子供を愛し、すべての子供の『おかあさん』となり、愛情を注ぎ続けてください。

本日はセミナーにお越しくださりありがとうございました。『楽園（エデン）』で素晴らしい生活をお送りください。

また、『楽園（エデン）』の中におきましても、週に一回、住民向けのセミナーが開かれています。何か不安があったり、またさらに詳しくシステムについて学びたい方は、ぜひご利用ください。」


ふっと目を覚ますと、部屋は真っ暗だった。

隣の寝息を聞いて、ここは夫と眠る寝室だったと思い出す。私はそっと身体を起こして、ベッドサイドに置いていたプラダのポーチを開いた。中にごそりと密集している恋人たちの姿を月明かりに照らして眺めると、少し気持ちが落ちついた。

この街へ越してきてから、引っ越しの前に受けたセミナーの夢をよく見る。あのときは、夫とどこか遠くへ行きたい一心で、ほとんど真面目に聞いてはいなかった。けれど、実際に子供たちと毎日戯れなければいけない日々の中で、あのとき見せられたビデオや職員の説明が、鮮明に思い起こされるのだ。

この世界は狂っている。私たちだけは正常でいなくては。40人の恋人たちの姿を見ると、自分の中に冷凍されている発情の存在を確認することができる。ここが恋のない世界であっても、今まで身体の中に蓄積させてきたヒトではないものへの恋愛は、まだしっかりと自分の中に存在していた。全員が「おかあさん」である世界で新しい恋をすることはなくても、自分の中に冷凍保存されている「恋」を身体から取り出して眺めながら、穏やかに暮らしていくのだ。

私はそっと、ポーチにぶら下がっているクロムのキーホルダーに口付けた。クロムは、「あっちの世界」と変わらない鮮明さで私をじっと見据えていた。

少しの違和感はあるものの、私たちの生活は順調だった。

街は清潔で新しく、補助もあるので家賃も安かった。

基本的に街の中ですべての事がまかなえるようになっている。私は国が紹介してくれた仕事にそのままつき、電車で十五分ほどのところにある小さな会社の事務になった。夫は駅前の市役所での仕事に決まった。

土日になると、私と夫は朝から近所の公園に行った。「愛情のシャワー」を子供たちに与えるのは、住民の義務でもあるからだ。

土日は二人そろって「子供ちゃん」と過ごし、平日は仕事を終えるとそれぞれの部屋へ帰り、連絡をとりあって夕食を一緒に食べた。

事務は残業が多く、市役所に勤める夫のほうが早く帰ってくることが多かった。給料はお互いに以前の三分の二ほどになっていたが、特に不満はなかった。強いて言えば、千葉を出るのにいちいち成田へ行って申請書を出してから電車に乗らないといけないのが億劫《おっくう》だった。千葉の中には大きなショッピングモールや娯楽施設がいくつもあるので次第に用事はそちらで済ませるようになった。

リビングのテーブルで食事をしながら夫が言った。

「幸せな生活だなあ。『子供ちゃん』は可愛いし、家に帰れば雨音さんがいるし。今日、ブランコに乗ってた子、見た？　お菓子をあげたらちゃんと頭を下げてお礼を言ってくれたんだよ。可愛いなあ。あれがみんな僕の子供なんて、夢みたいだ」

「何言ってるの、私たちの子供はまだ生まれてないじゃない」

思わず鋭い口調で言うと、夫は「ああ……うん、そうか、そうだよね」と寝ぼけたような声をだした。

「やっぱり、『楽園（エデン）システム』なんて失敗だね。なんか変だもん」

「そうだよね」

夫は同意しながらも、いかに今日会った「子供ちゃん」が可愛かったかを、熱心に話し続けた。

「もうすぐ人工授精の通知が来るね」

「うん、そうだね。雨音さんか僕のどちらかが当たるといいな」

私たちは顔を見合わせて微笑んだ。

人口はコンピューターで管理されていて、誰が人工授精をするかどうかは、十一月の半ばにそれぞれ葉書で知らされる。

葉書で指定された人だけが、十二月二十四日に一斉に人工授精を受けるのだった。

数日後、葉書が届き、どきどきしながら捲《めく》った。夫も私も人工授精に選ばれたと知ったときは、声をあげて喜び、その夜は祝杯をあげた。

私は避妊処置をとり排卵のための薬を飲み、夫は精子を病院に提出し、二十四日を待った。

その日が待ち遠しくて、カレンダーにしるしを付けながら今か今かと待ち望んだ。


受精の日であるクリスマスイブは、雲一つない快晴だった。

その日は朝から病院がとても混み合っていた。私と夫も、会社を休んで午前中から近くの産婦人科へ向かった。

私たちが病院に着くと、一人の医師がこっそりと手招きした。

「ごめんね、水内くん」

「いや、それより誰にも見られなかった？」

「うん、大丈夫」

水内くんは用心深く扉を閉じて、夫と私に番号札を渡した。

「はい、これ。この番号で受診すれば、坂口さんは旦那さんの精子で、旦那さんは坂口さんの卵子と自分の精子で受精できるようになっているから」

「本当にありがとう。恩に着るわ」

「それより、本当に、絶対に誰にも言わないでね。こんなことがバレたら、僕、千葉を追い出されちゃうよ」

白衣を着て困った顔をしている水内くんに、「本当に、迷惑かけてごめんなさい」と私は頭を下げた。

中学校の同級生の水内くんは、昔、私に言っていた夢を叶えて、男性の人工授精を研究する医者になっていた。そのことを知った私は、こちらへ引っ越してくるぎりぎりまで粘って、電話でしつこく頼み込んだのだ。

「僕はまだ助手だから、直接人工授精はできない。ここまでで大丈夫?」

「うん。十分よ。本当にありがとう。お礼はするから」

「ばらさなければそれでいいけれど。それにしても、これってそんなに重要なことなのかな」

水内くんは肩をすくめた。彼には私の卵子と夫の精子で「私たちの子」を作る、ということの重要性が理解できないみたいだった。

「千葉に残った同級生も、たまにいる。坂口さんと仲のよかった、ええと……」

「ユミちゃん？」

「そうだ。その人も来たよ。ちょうど僕が事前の検査を担当したんだ」

「知ってるわ」

ユミちゃんの話は、同級生から聞いていた。十年前、千葉が実験都市になったときから引っ越さずにずっとここで暮らし、その間に二回ほど妊娠して出産して子供をセンターに預けたという。自分のお腹を痛めた子をあっさりと「子供ちゃん」などにしてしまう感覚が、私には理解できなかった。

「ここまでして、受精する精子にこだわった人は初めてだったけれど……」

不思議そうな水内くんに、私は愛想笑いを浮かべ、それでも正直に説明した。

「二人の遺伝子を残したいの。『子供ちゃん』じゃなくて、私たちの子供が欲しいのよ」

「よくわからないな、僕には」

「わからなくていいわ」

水内くんはもう、この街に洗脳されてしまっているのだな。そう思って心の中で少し嘲《あざけ》って笑うと、私と全く同じ表情をした水内くんが私を見つめながら言った。

「坂口さん、まだ『あっちの世界』の洗脳が解けてないんだね」

冷たい器具で、私の穴が大きく開かれていく感覚がする。

この感覚には何度体験しても慣れることがない。内診台の向こう側はカーテンが引かれていて見えず、器具の音だけがしている。自分の膣《ちつ》に当たっている冷たい金属がどんな形をしているのかすらわからず、自分の膣口が今どういう状態になっているのか想像もできない。痛みはないが、そのことにいつも微かな恐怖を感じて、血管が浮かび上がるほど強く拳を握りしめてしまう。

「排卵の薬も効いてますね。ちょうど排卵直前です。受精するのにちょうどいい状態になってますよ」

カーテンの向こうから医者の声が聞こえる。何か別の器具が膣に当たる感触がして、「少し冷たいですよー」と声がかけられ、膣内を洗浄される。膣の中にざぶりと水が入り、外へ流れ出て行く。

「それでは、受精をさせていきますね。すぐすみますから、リラックスしてください」

柔らかなチューブのようなものが入れられているようだったが、考えると怖くなるので、何が起きているのかは想像しないようにして、ひたすらに天井を眺めていた。

夫が事前に提出して冷凍されていた精子が、今、自分に入ってきているのだろう。迷惑そうにしながらも手配してくれた水内くんに感謝しながら、さきほどの水内くんの冷笑を思い返していた。

さっき水内くんが言った「あっちの世界」は、もう、ラピスの住んでいる世界を意味する言葉ではなくなっていた。彼はもう、ラピスのことなど思い出しもしないのかもしれない。水内くんだって、この街では「おかあさん」なのだから。

ヒトは、科学的な交尾で繁殖をする唯一の動物だという。

もし、こんなに人工授精が発達していなかったら、私たちは今でも交尾をしていたのだろうか。母のように。

もしパラレルワールドがあって、こんなに人工授精が発達していなかったら、私たちはどんな形の動物だったのだろう。

「はい、終わりましたよ」

医者の声がかかり、もう受精が終わったのだと気が付く。少しも痛みはなく、何をされているのかもわからなかった。

「ありがとうございます。少しも痛くないんですね」

「痛みがあったのなんて、戦時中の話ですよ。今は技術が発達していますから。これでほぼ100%、着床します。出産は来年八月末から九月ごろになります。それまでどうぞお身体を大切になさってくださいね」

医者に礼を言って、内診台から降りた。ショーツとスカートを身に付けながら、これが「ヒト」の交尾なのか、とぼんやり考えた。

下腹部を撫でてみたが、違和感はどこにもなかった。自分の身体の中に、静かに夫の精子が挿入されたのだということに実感はわかなかった。

カーテンの向こうからは、看護師が次の受精のための器具を用意する音がしていた。清潔な器具の音は、ひょっとしたら、私が生まれたときにも聞こえていた音なのかもしれない。

ヒトが動物だったときには、どんな音の中で、私たちは交尾をし、産み落とされていたのだろう。いくら想像してみても、私には清潔な病院の光景が浮かぶばかりだった。


夫の手術が終わったのは午後だった。

人工子宮は、少しお腹を裂いてそこから血液と水分を循環させる管を取り付け、臍《へそ》の上あたりから人工皮膚でできた袋をぶら下げる。説明を聞いたときには大手術だと思ったが、一時間ほどで終わるとのことで、病院の中にあるスターバックスでコーヒーを飲みながら待っていると、片手をあげながら夫が入ってきた。

「お疲れさま、長かったね」

「手術自体は簡単だったんだけど、混んでいてさ。閉経した女性や、自分の子宮では妊娠ができない女性も来るし、男性はもちろん大勢くるし、さんざん待たされたよ」

「そうなの。なんで今日じゃないといけないのかな」

「さあ。でも、ある意味処女懐胎だからな。ふさわしい日だと言われれば、そんな気がするよ」

夫は膝上まである長い丈のセーターを着ていた。子宮を子供に合わせて大きくしていく技術はまだ開発されておらず、人工子宮の手術をした人は、臍の上から膝の上まで、人工皮膚でできた袋をぶら下げて暮らすことになる。その袋の中で子供が育っていくのだ。なので、お腹の袋を隠すための長い丈の洋服や、女性はゆったりとしたマタニティ・ワンピースを着てこれから暮らさなくてはならない。夫は、今朝から準備していた男性妊夫用セーターを嬉々として身に着けていた。

タクシーは混んでいるというので、好意で大家さんが迎えに来てくれた。手術が終わったと電話をするとすぐ大家さんの車が病院に現れた。

「すみません、お世話になってしまって」

「いやいや、受精が決まった『おかあさん』に協力するのも、他の『おかあさん』の義務ですから。気にしないでください。さあ、どうぞ」

私と夫は連れだって大家さんの車の後部座席に乗り込んだ。夫はお腹をかばうようにして車の中に身体をすべりこませた。

「どの辺に卵子があるの？」

「まだ、臍の上あたりにあるみたいだよ。成長するにしたがって、どんどん下がっていくって」

「じゃあ、袋の中はほとんど空っぽなのね」

「まだね。でもしばらくすれば、だんだん下に子供が下がっていくって医者が言ってたよ」

夫は「安全な妊夫生活のために」だとか、「男性の妊娠時に注意すること」だとか書かれたパンフレットをうれしそうにぱらぱらめくっていた。

「その袋って、邪魔じゃないの？」

「少しはね。でも、それがなんとなくいいんだ。命を育ててる感じがするじゃないか。なんだか新しい身体に生まれ変わったみたいだ」

夫のセーターをすこしめくって、取り付けられた袋を見せてもらった。そこにぶら下がっているのは、潰《つぶ》れた巨大な睾丸《こうがん》のような奇妙なものだった。女性の子宮と違って身体の外にあるので、外からの衝撃に耐えられるかも心配だ。これはいまだに成功例がないのも納得できる、と正直思ったが、夫はうれしそうに袋を撫でているので、口には出さず心の中に留めておいた。

セーターをめくって自分にくっついた袋を撫でている夫に、大家さんが声をかけてきた。

「お二人とも、初めての受精ですか？　『あっちの世界』でも、受精や妊娠をなさったことはないんですか？」

「はい、そうです」

「それはお疲れさまでした。初めてのことばかりで、疲れたでしょう」

「でも、これがしたくて越してきたようなものですから」

生き生きと答える夫に、大家さんは頷きながら目を細めた。

「わかりますよ、男性が妊娠を体験するにはこの街の住民になるしかありませんからね。けれどあなたは運がいい。越してきてすぐ、受精できたわけですからね。私も昔は『あっちの世界』にいて、子供もいたんですがね、どうしても妊娠してみたくて、十年前にここが実験都市になってからすぐ越してきたんですよ。それでもなかなか通知が来なくてね。三年たってやっと最初の受精ができて、それから三回やりましたよ」

「そうなんですか。じゃあ、先輩ですね」

うれしそうな夫に、大家さんは頷いて返した。

「いやあ、最初は違和感がありましたけどね。だんだんと自分の身体の一部になっていくみたいで、幸せでしたよ。こんな体験、『あっちの世界』では絶対に出来ませんからね」

「そうですよね。やっぱりまだ、実用には遠いですし」

「技術もだけど、予算もねえ。早く成功例が出るといいなと思ってるんですよ。がんばってくださいね。何か困ったことがあったら言ってくださいね。元気な『子供ちゃん』が生まれてくるように願ってますよ」

「はい！」

元気よく返す夫に、大家さんはうれしそうに何度も頷いてみせていた。

家に帰ってから、今日は家事をサボることにしてピザをとり、ソファに座ってお互いのお腹を撫でた。

「雨音さんのお腹は、前とまったく変わらないね」

「当たり前よ、受精したばかりだもの」

「女性はいいなあ。でも、僕の袋だってなかなかのものだよ。どちらが先に生まれるかな。センターに預けないことが、うまくばれないといいんだけど」

「絶対に子供を守りましょう。私たちの子だもの」

「二人とも無事に生まれてくるといいね」

「そうしたら、兄妹として仲良く育てようね」

窓からは、駅前の水色のコンクリートの広場が見える。中央には白いツリーが、淡い水色の光を纏っている。

来年の今頃は、子供と一緒にイルミネーションを見上げることができるかもしれない。まだ小さくてわからないだろうが、ちゃんと枕元にプレゼントを置こう。

私はお腹を撫でながらそう思った。まだ今年のクリスマスが終わっていないというのに、来年の光が瞼《まぶた》の裏で点滅しているような気がした。


私が流産をしたのは、その翌月のことだった。

会社で仕事をしていると、突然出血が止まらなくなり、ナプキンをあてて、いそいで病院へ向かった。身体は大事にしていたはずだし、無理な運動もしていない。けれど、医者は冷静に告げた。

「この時期の流産は、とても多いんですよ。それも含めてコンピューターで管理されています。だからどうぞお気になさらないでくださいね。お大事に」

医者は、それも計算のうちなので気にするなという口ぶりだった。人類のための子ではなく、私が私の子を失ったのだと叫びたかったが、それもできなかった。

身体の処理は、あっさりと終わった。子供が亡くなったことよりも、「その分、他の人が産むから大丈夫」と言いたげな医者や看護師の態度が、たまらなくつらかった。

「お疲れさまでした。では、また次の受精でもがんばってくださいね」

病室を後にしようとした私に明るく微笑みかけてきた看護師に、摑《つか》みかかりそうな気持ちを必死にこらえた。

皆、この苦しみを想像することもできなくなっているのだろうか。

無言のままタクシーに乗り帰ってきた私を、夫が出迎えた。

「大丈夫、雨音さん？」

「うん……私は平気だけれど、子供が……」

「とにかく、雨音さんの身体が無事でよかった」

優しく肩を撫でられて、涙がこみ上げた。

やっと「正常」な会話ができる人に巡り合えた気持ちだった。

しばらく夫の肩に顔を埋めたあと、暗くなっていても仕方がないと、顔をあげ、出来るかぎりの明るい声を出した。

「そうだね。それに、朔くんのほうの子は、まだ大丈夫だものね」

「そうだよ、僕が代わりに産むよ」

夫が「子供ちゃん」にするように私を抱きしめ、背中をさすってくれた。

夫の腹から垂れ下がった皺々の子宮が、抱きしめられた私の太腿《ふともも》にあたった。

これと似たような臓器が、私の腹の中にもあるのだろうか。腹から取り出して、自分の子宮を眺めてみたかった。そして、その中にある子供の血の匂いを嗅いでみたかった。

そんなことを考えながら、私は夫の胸につつまれて、彼の腹の下の生温かい夫の子宮を撫でていた。

夫も、彼の子宮も、温かかった。私は家族の体温に、安心して目を閉じた。

外では雪が降り始めていた。世界のすべての音が、雪の中に吸い込まれていくようだった。

夫の腹部は順調に大きくなってきていた。皺々だった子宮は、子に合わせて少しずつ膨れてきた。

外からの衝撃を中に伝えない特殊な人工皮膚だというが、胎児の形をしたものがはっきりと皮膚の向こうに形付いているのがわかるので、なんだか不安だった。何かの拍子《ひょうし》に潰したり、怪我をさせたりしてしまいそうで、私は夫のお腹が絶対に衝撃を受けないように、とても用心深く過ごした。

「そんなに神経質にならなくても大丈夫だよ。ほら、指で子宮を押してごらん。力がスポンジみたいに吸収されるだろ？　子供はちゃんと守られてるんだよ」

「でも、まるで肌色のサランラップで包んだみたいに、子供の形がわかるんだもの。潰してしまいそうで怖い」

「平気だって。僕にはわかるんだ。ほら、撫でてごらんよ」

私は怖くてなかなか子供に触れなかったが、夫は自分のお腹を撫でまわし、話しかけるのに夢中だった。

妊夫である夫は、外でも皆から声をかけられた。

「男の人なのによく育ってるわねえ！　ほら、座って座って」

「すみません」

電車で席を譲られたり、公園で「少し触らせて」とお腹を触られたりすることは日常茶飯事だった。

「元気な『子供ちゃん』が生まれてくるといいわねえ」

目を細めて夫の子宮を撫でる「おかあさん」たちの様子は、子宮の中の子供は「夫の子供」

ではなく「ヒト全員の子供」であると言いたげだった。夫も、うれしそうに「おかあさん」たちのスキンシップに応じていた。

そういう夫の姿を見ると、ふと不安になることがあった。

「ねえ、私たち、家族だよね」

夫に確認するように尋ねると、

「え？　ああ、もちろんそうだよ」

と夫は頷いた。

夫は私が作った食事にあまり手をつけなくなった。

私自身も、夫の手によって切ったり剝かれたりした食材に、どこか汚さを感じてしまっている。

同じ食卓にいるのに、私たちはそれぞれ自分が作ったものばかり口に運んでいた。

（他人なんかいないほうが、家の中が清潔じゃないですかー）

アミちゃんの言葉が、頭の中に蘇る。

私たちは、何にも属さない一匹の生命体として、清潔な家で一人で暮らすことに慣れ始めている。

生活も性欲も自分ひとりのもの。そういう生活のほうが、自分には向いているような気すらしていた。

夫から遅くなると連絡があると、ほっとした。そんな日が一週間も続くと、こちらのほうが正しい生活なのではないかと思えてくる。

土日も別々に過ごすことが多くなった。

「今日はどうする？」

土曜日の朝に電話をかけると、躊躇《ちゅうちょ》するような夫の声がした。

「今日は僕は観たい映画があるからなあ……それからセンターの『赤ちゃんルーム』に行こうと思ってるよ」

「そう。ちょうど私も洗濯をしたかったたし、じゃあ昼間は別行動にしようか」

「夜はどうしようか？　雨音さん、一緒に食べる？」

「うーん……もらいもののお惣菜があるんだけど、あんまり朔くんの好きな味じゃないかも。でも傷んじゃうから、今日は一人で食べようかな」

「そう。じゃあ今日は別々でいいか。また来週連絡するよ」

「リビング」であるはずの私の部屋にはソファベッドが置かれ、「寝室」であるはずの夫の部屋には簡易テーブルが置かれ、それぞれの部屋で食事も睡眠もとるようになっていた。

電話を切り、ほっとしてソファでくつろいだ。一人の部屋は快適だった。

私と夫の住んでいた家に染みこんでいた、「二人の家の匂い」は薄れ、自分の匂いの中で暮らすことに安心し始めていた。私と夫の子供が眠る人工子宮の中も、こんな場所かもしれない。

ふと、そんなことが頭によぎった。

春になるころには、夫とはたまに連絡を取り合うだけになっていた。

三月に入ってすぐ、樹里《じゆり》が遊びに来た。

「朔さんは？　今日はお仕事、休みじゃないの？」

「ああ、彼は今日は病院で健診。男性は特に健診が多いのよね」

「ついていかなくてよかったの？　私のせいかしら。悪かったわね」

「大丈夫。朔くんも、一人のほうが気楽だっていうし」

「それならいいけど……」

樹里をどちらの部屋に連れて行くか迷ったが、自分のワンルームのほうに案内した。ソファベッドが置かれた私の部屋に樹里が戸惑った顔をした。

「ここ、寝室じゃない？　私が入ってよかったのかしら」

「ううん、一応朔くんの部屋が本当の寝室なんだけど、こっちで仮眠をとることも多いからベッドを買ったの。ごめんね、狭くって」

「そんなことはないけれど……」

私は小さなテーブルに紅茶とケーキを置いて、樹里と向かい合って座った。

「ここにくるの、大変だったんじゃない？　ありがとう、わざわざ来てくれて」

「会いたかったし、いいのよ。でも、ずいぶん厳重なのね」

「まだ実験都市の段階だからね。実験が成功したら、人の行き来ももっと楽になると思うんだけれど」

「そう願うわ。いちいちこんなものつけてたんじゃ、他からの観光客なんか来なくなっちゃうわよ」

樹里は溜息《ためいき》をついて、右手につけられたゴム製の腕輪を弄《もてあそ》んだ。

住民以外の人間が千葉に入るにも、一旦は成田に行かなければならない。滞在日数を告げて、手首にGPSを搭載した腕輪を付けられる。日数を過ぎても滞在していると、県の職員が注意喚起にやってくる。

樹里は日帰りだからさほど検査はされないが、泊まりの人間にはもっと厳しいらしい。人口を完璧にコンピューターで管理するのが目的なので、不法に侵入した人間が住み始めるのは困るのはわかるが、これでは街全体が巨大な密室のようだ。

樹里は手元のパンフレットをぱらぱらとめくった。

表紙には「この街でこのまま永住しませんか?」とある。厳しい検査を終えて街に入ると、今度は「申請書を出せばこのままここに住むことができますよ」と勧誘してくるのだ。来た人が戸惑うのも当然に思えた。

樹里は溜息をついて、紅茶に口をつけた。

「何だか、私、この街が気味悪いわ。駅をでたら皆が『おかあさん』と呼ばれていて子供が群がっているし、私まで『おかあさん』と言われて……」

「そうだね、私も最初はびっくりした」

「ここに越してくる手続きをする時点で、紙の上での結婚は解消されるのよね。でも、二人は夫婦なのね。本当に駆け落ちね」

樹里は私たちが深く愛し合っていると信じ切っており、感動すらしているようだった。

「子供ができたら、連れ出して元の世界に戻ってきなさいよ」

「うん、そうだね……朔くんと相談してみる」

曖昧《あいまい》に頷きながら、私も紅茶を口に運んだ。

一人で一生暮らすなんて孤独だろうと、水人は言ったし私も同意したが、いざ、すべての人間がそうして暮らす中で日常を送り始めると、元から自分たちはこういう習性の動物だったのだという気持ちになってきた。

「おかあさん」しかいない世界なので、大人用のグッズもコンビニへ行けば簡単に手に入る。「恋」をするためではなく性欲を処理するためだけの、ごくシンプルな道具や性癖に合わせたデータの入ったディスクが生理用品の横に置いてあり、気軽に手にとって素早く身体の中の性欲を処理することができる。40人の恋人が入ったプラダのポーチは、クローゼットの中に置きっぱなしになっていた。毎日、「子供ちゃん」に「愛情のシャワー」を注ぐのに忙しくて、ゆっくり「セックス」をする時間がなくて、つい便利な方法に流れてしまうのだ。恋人たちのことは今も大切に思っている。だが、体の中の性欲を処理し終えると彼らのことを忘れがちになるのも事実だった。

新しい恋をしたわけではないのに、水人のことを忘れ始めている。この世界全体にゆっくり適応していくことが、恋より強い効力のあるドラッグみたいだった。

寂しいと思ったら、公園へ行けば愛玩動物のような子供たちが、「おかあさん」とすり寄って来てくれる。乳児を抱きたければ、センターの「赤ちゃんルーム」へ行くと、常に二十人ほどの子供がいて、係員の言いつけを守りながら抱き上げたり、ミルクをあげたり、オムツをかえたりすることができた。

なぜ、自分は「家族」が欲しいと願ったのだろう。そのことがわからなくなり、考え込むこともあった。

その一番の動機は「孤独」なのだろうと思っていた。しかし、全員が一人で暮らすこの世界では、あっさりとその感覚はなくなってしまった。

他のシステムの中で実際に繁殖をはじめてみると、「家族」というのは無数にある動物の繁殖システムの一種にすぎなかったのだと思えてくる。もし、この「楽園（エデン）システム」が失敗したとしても、他にいくらでも選択肢はあるのだということを、私たちは知ってしまったのだ。

辛うじて私を「家族」というものに繋ぎとめているのは、「自分の遺伝子を受け継ぐ子供と会いたい」という気持ちだけだった。しかし、それも考えれば考えるほど、不確かな感覚だった。

「本当は、僕らはもうすでに失っているんだよ」

いつかの夫の言葉が、頭から離れなかった。

私は、この世界でも正常だった。母の与えた世界、その外の世界、この実験都市、どの世界でも、私は薄気味悪いくらいに正常だった。それこそが、異常なのではないかと思うほどに。

「美味しいわね、このケーキ」

「そう？　よかった。私も気に入ってるの」

「陽当たりもいいし、自然も多いし、いいところね。実験都市でさえなければ、住みたいくらい」

「引っ越して来れば？」

成田でもらったパンフレットにはさまれた申請書を役所に出せばすぐここに移り住むことができる。テーブルの上のパンフレットをひらひらと振ってみせると、

「まさか」

と樹里は白い歯を見せて笑った。

その整った笑顔が「子供ちゃん」と一瞬重なって、ゆらりと眩暈《めまい》がした。

「どうしたの?」

樹里が大きな瞳で私の顔を覗《のぞ》き込む。

「顔色が悪いわよ。やっぱりこの街の生活が合わないんじゃない?」

樹里の瞳の上でびっしりと生えそろっている睫毛《まつげ》が、瞼の隙間に入り込んだ虫の脚のように見えて、身体がこわばった。

黙り込んだ私に、樹里が首をかしげる。

「雨音?」

むき出しの白い皮膚のあちこちに穴があいて、臓器が見えている。頭部にだけごっそりと毛を生やした、薄気味悪い生き物。

これが、私たちのかたちだっただろうか?

樹里が唇を開き、その中で濡《ぬ》れた臓器が蠢《うごめ》いて音をだす。

「本当に、変よ、雨音。ベッドで休んだほうがいいわ」

「……ありがとう。大丈夫」

「今回は残念だったわね。疲れるのも無理はないわ。またゆっくり体を休めて、焦らずにね」

樹里はやさしく言葉をかけてくれる。そうだ、これがこの前まで私たちがいた世界の「正常」だった、とほっとする。

流産をしたあと、私は病院で新しい避妊処置をしてもらった。生理も、毎月感じていた排卵痛もなくなり、経血ではなく、透明の液体がごく少し出てくるだけになった。

樹里の子宮からも近い将来、私と同じ液体が出てくるようになるだろう。そして、私たちは自分の身体から経血を流していたことを、あっさりと忘れてしまうだろう。

窓の外は真っ白な街だった。まるで四角い蛹《さなぎ》のような、私たちの巣が、見渡すかぎり続いていた。


「じゃあ、乾杯」

「久しぶりだね、こうして二人で外で会うのも」

「うん、ちゃんとした店に来るなんて、千葉にきて初めてだったかも」

六月になったある日、私たちは久しぶりに、二人で食卓についていた。

今日は私たちの結婚記念日だった。たまたま金曜日と重なったというのもあり、駅前にある、評判のいい上品なレストランを予約したのだ。

夫が妊夫だということもあり、落ち着いて食事ができるように個室を予約した。白いテーブルクロスの上に、コースの料理が運ばれてくる。

久しぶりに会う夫の人工子宮は、驚くほど膨れていた。

女性でいえば妊娠七か月にあたる時期だ。「お腹が重くなっていて、下に引っ張られる感じがする」と、腹に専用の腹帯を巻いていた。

普通の妊娠と違って子宮が丸出しになっているような状態なので子供が大きくなったらかなり苦しいのではと思ったが、夫は幸せそうだった。

「雨音さん、こっちにきてよく見てごらんよ」

前菜を食べ終えた夫が呼ぶので、椅子を立って夫に近付いてみた。夫は腹帯をめくって子宮を見せてくれた。

むき出しになった子宮をみてぎょっとした。まるで肌色のサランラップをぴったりかけたように、子供の形が浮かび上がっている。子宮ごしに見える子供はますますはっきりとしていて、たまに動いたりしているのが目に見えてわかるほどだった。

「この子は男の子だったよ。ほら」

夫が子宮を指差し、確かにそこには赤ちゃんの脚の間にペニスのようなものが微かに見えた。

「エコーがいらないね、男の妊娠は。ほらみて、笑ってる」

夫がうれしそうに腹を弄《いじ》くり回す。

胎児の顔が笑ってるかまでは私にはわからなかった。

「あんまり触らないほうがいいんじゃないの？」

「大丈夫、少しの衝撃や刺激は、この人工皮膚が全部吸収しちゃうんだって。科学ってすごいよなあ」

目の前で食事をする夫の口のまわりにはうっすら髭《ひげ》が生えていて、そこに前菜のスープがついてしまっている。

一瞬それが吐瀉物《としゃぶつ》のように見え、夫の口の中でさらに吐瀉物のようになっているだろう液体を想像すると、吐き気がこみあげた。

夫は昼間に汗をかいたのだろう。甘い汗の匂いがスープと混じってこちらまで漂ってくる。

私は顔を伏せて席に戻り、自分の食事に集中した。

夫は妊娠中なのでノンアルコールのカクテルを頼み、私は一人でワインを口に運んでいた。

不意に、夫が嫌そうな表情で顔をあげた。

「まえから思ってたけど、雨音さんって、ワインを口の中でくちゅくちゅってするよね」

「え？　ワインって、舌の上で転がして味わうものでしょ」

「そうだけど、雨音さんのはちょっと違うよ。普通に喉《のど》に流し込んだほうが美味しくない？それに汚いよ、その飲み方」

私はかっとなりそうになったが、反論せずに、それからはワインに口をつけずに食事をした。早く自分の清潔な部屋に帰りたかった。自分の好きな食べ方で自分の好きなものを食べ、性欲が高まれば自分で静かにそれを身体の中から処分する。あの清潔な部屋へ、早く帰りたかった。

食事の間も、ウェイターは妊夫の夫にいろいろと気を遣ってくれていた。

「寒くありませんか？　空調はいつでも調節できますので、遠慮せず仰ってくださいね。こちらもご利用ください」

ひざ掛けだの、背中に当てるクッションだのを持ってきてくれるウェイターに、礼を言うと、ウェイターはとんでもないという風に微笑んだ。

「この中にいるのは、私たちの『子供ちゃん』ですから。当然のことですよ」

食事を終えて個室の外にでると、レストランの中の他の客が、「あらあ、『子供ちゃん』がお腹のなかにいるのね」と声をかけてきた。

「ずいぶん大きくなったわねえ。可愛いわあ」

「本当、生まれてくるのが楽しみね」

皆が、夫の子宮を笑顔でみつめている。皆が、あそこから出てくるのは自分の「子供ちゃん」なのだと、楽しみにしている。

私は必死に、あの中の卵子は私のもので、あれは「私たちだけの子供」なのだと自分に言い聞かせた。

そのことだけが私と夫を繋いでいる。

早く、夫を破って出てきて。私たちが「この世界の形の『ヒト』」になってしまう前に。

必死に心の中で念じると、夫の中で、ごそりと、私たちの赤ん坊が蠢いた気がした。

大家さんの訃報《ふほう》が届いたのは、七月の終わりになったころだった。

このころになると街はお腹の大きい女性で溢れかえった。私はウミガメの産卵を思い出していた。何で一斉に産むのだろうと、夫とテレビ番組を見ながら話したことがある。けれど、いつの間にか自分たちが同じような習性の生き物になっている。

男性で九か月になるまで赤ちゃんを持ちこたえている人は少なかったが、それでもたまに、夫と同じような大きな子宮袋をぶら下げている男性がいた。年配の人もいれば、若い男性もいた。

会社でも総務の部長と六人の女性社員と一人の営業の男性が妊娠しており、そろそろ産休に入る準備をしていて、仕事はてんてこ舞いだった。

自然と、夫との連絡は途絶えがちになった。子供は順調だということだけは、携帯メールのやりとりで知っていた。夫から、今月末から入院するという連絡があり、入院日が決まったら教えてくれるよう返事を返していた。

夫が入院したらますます忙しくなるだろうと思っていた矢先に、大家さんの訃報が届いたのだ。

「どうする？　行くよね、やっぱり」

大家さんには受精のときに車で送ってもらったりと、いろいろ世話になっている。お葬式が明日だと聞いて、私は夫に電話をかけていた。

この世界は妊娠を中心にまわっているので、不意に「死」というものが現れたことが、なんとなく不思議だった。

「行くよ、もちろん。僕の喪服、そっちにあるかな？」

「たぶん、段ボールの中にあるんじゃないかな。探してみる」

「ああ、でも普通の服はもう入らないや。妊夫用の喪服を探さないと」

夫と電話でそんなやりとりをして、翌日待ち合わせて、一緒に大家さんの葬儀会場へと向かった。

駅前の大型スーパーで急いで買ったという、妊夫用の喪服は、子宮を覆い隠す黒い大きなワンピースだった。

「もう臨月が近いから、これしか入らなくて」

「子供ちゃん」が着ている真っ白なスモックにそっくりな形をした喪服に身を包んだ夫は、なんだか知らない人に見えた。

葬儀はマンションのそばにある集会所で行われた。向こうから、黒い服を着た子供の集団が現れた。そばのセンターの「子供ちゃん」が葬儀に参列するため来たのだった。

小さい子はまだ無理と判断されたのだろう、葬儀に来たのは自分で歩ける年齢の、幼稚園から小学生くらいの子たちばかりだった。

集会所には喪服を着た人が集まり、一見したところでは、「あっちの世界」で行われている葬儀と大きな違いはなさそうだった。

葬儀会場には祭壇とパイプ椅子があり、私と夫は後ろの方の席に並んで読経を聞いた。会場には、公園でよく見る老若男女の「おかあさん」たちが並んでいた。大家さんはとくに熱心に公園や「赤ちゃんルーム」に通っていたので、「おかあさん」友達がたくさんいたのかもしれなかった。

会場には先程見かけた「子供ちゃん」も列をなしていた。弔辞が終わると、「それでは、『子供ちゃん』から『おかあさん』へ向けて、お悔やみの手紙を読んでもらいます」と司会の女性が言った。

「子供ちゃん」の中でも一番年齢の高い、小学四年生くらいの子が前に出て、手紙を読み始めた。

全員おかっぱ頭なのでわからなかったが、声を聴くと少年のようだった。「子供ちゃん」は顔をあげて、はきはきと手紙を読み上げていった。

「大好きな『おかあさん』、今まで本当にありがとうございました。

僕たち、『おかあさん』の子供は、命を未来に運ぶためのコップです。

『おかあさん』から受け取った命を、僕たちは、この身体で、未来へ運んでいきます。うっかりこぼさないように、大切に大切に未来へ運んで、僕もいつか『おかあさん』みたいな、素敵な『おかあさん』になって、次のコップに命を注ぎます。

今まで本当にありがとうございました」

拍手が起こり、「おかあさん」たちはハンカチで目頭を押さえ、鼻をすすった。

「子供ちゃん」たちも涙を流した。笑顔と一緒で、「子供ちゃん」の泣き顔も、顔の筋肉の動かし方が皆、一緒だった。

目を少しだけほそめて、涙を流す。唇を閉じたまま横に引っ張られたように力をこめていて、頬の筋肉は少しだけ盛り上がっている。その頬の上を、同じ速度で水滴が流れていく。

口を開いて泣く子供も、顔の片側を歪めて泣く子供もいなかった。

「子供ちゃん」の引率をしている職員も、同じ顔で泣いていた。

うっすらとした不気味さを感じてそれを眺めていると、横で鼻をすする音が聞こえ、夫がハンカチで目頭を押さえていた。

順番に焼香に行って、驚いた。後ろの方の席だったのでわからなかったが、棺だと思っていたものは想像より一回り小さな木箱で、中にはもう火葬された大家さんの骨が入っていたのだ。

それを骨といっていいのかわからない。大家さんの骨は綺麗な白い粉になっていた。

「それでは、お骨を皆さんで埋葬しましょう」

司会の声と共に、ぞろぞろと参列者が外にでた。私と夫も周りにならって外にでようとすると、出口で葬儀社の名札をつけた男性から、プラスチックのコップを渡された。

中には白い粉が入っていた。それが「大家さん」だと気が付き、一瞬、コップをとり落としそうになった。

名札を付けた男性が両手でコップを包んで支えてくれ、穏やかな声で言った。

「お気をつけてください。さあ、『おかあさん』を皆で運びましょう」

コップを手に持った喪服の人々は、黒い列になって、集会場を出て街を進んでいった。

墓地は、子供たちがいるセンターの裏側にあった。そこにはプールほどの四角い穴が掘られていて、今まで亡くなった人の骨が白い砂漠になってそこを満たしていた。

「皆さん、お骨をここへ降らせてください。命を運び終えた『おかあさん』を、皆さんのお手で、今まで亡くなった『おかあさん』たちと一緒にしてあげてください」

皆、無言でコップの粉を白い骨の砂場に入れて、手を合わせて去っていく。私と夫も、手に持っていた骨をそこへ注いだ。

骨でできた砂場は、ライトで微かに照らされ、真っ白で美しかった。「おかあさん」は一つの大きな塊《かたまり》になって、じっと、私たちを見つめていた。

いつか、私たちの骨もここに注がれるのだろうか。そしてたくさんの「おかあさん」たちの塊の一部になるのだろうか。

こんな光景はおかしいと思いつつも、どこかで、ずっとこうだったような気もしている。

新しい世界が、自分の中に刷り込まれていく。生まれたばかりのころ、目に見える世界のすべてを吸収して、どんどん人間になっていったように。私は今も、世界を吸収し続けている。そして、この世界の形をした「ヒト」へと変化し続けている。

葬儀からの帰り道、夫はハンカチで瞼を押さえながらいった。

「僕は『おかあさん』から命を受け取ったんだ。僕はがんばって、この子を無事に産むよ。そして未来へと命を繋いでいく媒体になるんだ」

「そうだね」

「入院の日程が決まったよ。男性でここまでお腹が大きくなるのは稀だから、少し早めに入ることになるみたいだ。個室も用意されるらしい」

「うん、できるだけ通うよ。着替えや必要なものもあるだろうし」

「ありがとう、助かるよ」

ふと振り向くと、私たちの後ろにも、葬儀を終えた喪服の人々が連なって歩いていた。人々の喪服は暗闇にあいた小さな穴に見えた。暗い道の中で、無数の穴がゆっくりとこちらに近づいて来るようだった。


八月になり、夫が入院すると、今まで会わなかったのが嘘のように毎日病院へ通うようになった。

臨月の近くまで人工子宮で子供を育てた男性は、夫ともう一人だけだった。夫は余計な面会やメディアの取材は一切シャットアウトされ、医者と看護師に手厚くケアされていた。

私は夫のごく親しい友人で、隣人でもあるということを認められ、特別にもらったネームプレートで夫の病室へとすんなり行くことが許されていた。

「なんだか、実験動物にでもなった気持ちだよ」

夫は自虐的に言いながらも、どこか誇らしげだった。

実際、夫は実験動物なのだ。だからこうして手厚く看護されているのだと言いたくなったが、胎教に悪い気がしたので口に出すのはやめておいた。

中にいる子が笑う表情までわかると、夫はうれしそうにお腹を撫でまわしていた。何だか、子を孕んでいるというより、巨大な寄生虫にとり憑《つ》かれているかにみえた。

「子供が欲しがってるんだと思うんだけど、妙に甘い物が食べたいんだ。生クリームが特に食べたい」

夫がそう言うので、毎日ケーキを差し入れしていた。

「ありがとう、雨音さん」

「体調はどう?」

「絶好調だよ。外に行けなくて退屈なくらいだ」

夫はケーキを食べながらテレビをザッピングしている。

「『あっちの世界』のテレビはくだらないね」

夫は肩をすくめた。

夫も、この実験都市の外の世界のことを、「あっちの世界」と呼ぶようになっていた。

「雨音さんもそう思わない？　『こっちの世界』に比べて、洗練されてない」

「さあ、私はあんまりテレビは見ないから。それより、そろそろお風呂を予約してる時間よ」

「ああ、もうそんな時間か。なんだか眠いんだけどなあ」

「身体がつらいなら、無理しなくてもいいと思うけれど」

「いや、入るよ。この子も入りたがってる気がするし」

夫は子宮を持ち上げながら言った。

夫の風呂を手伝うのも、私の日課になっていた。

夫の背中を流し、夫の子宮ごしに子供を洗う。結婚していたときには見ないようにしていた夫の裸にも慣れてきた。

「ほら見て、雨音さん。この子が笑ってる」

泡にまみれた子供を指差して、夫が笑った。

外を歩くと、街は妊婦だらけだった。女性はまだ入院していない人も多く、お腹を大きく膨らませた人が行き交う街は、いまにも新しい命で破裂しそうな光景に思えた。

夫の病院へ行った帰り道、公園に足を延ばして「子供ちゃん」と遊んだ。遅い時間だったせいか公園は会社帰りの「おかあさん」たちで混んでいて、私はベンチに座って、他の「おかあさん」と話をした。

「今日は男性の『おかあさん』が多いですね」

「そうね。受精した人数は同じでも、臨月に近付くにつれて女性の妊婦のほうが多くなるから。公園では男性の『おかあさん』のほうが目立つようになってくるのよね」

「そうなんですか」

「そういえば、知ってる？　今度、駅前に大人用の『クリーンルーム』ができるみたいよ」

「『クリーンルーム』？」

「ほら、大人になると性欲が体に溜《た》まってくるでしょ。昔の交尾の名残だってわかっているけど、邪魔じゃない？　その発情をトイレのような場所で排出して、身体の中をクリーンにするの。便利になるわよね。今までは部屋の中でかくれて排泄《はいせつ》するしかなかったものを、溜まったら我慢せずにすぐに出せるんだから」

あ、また世界がグラデーションしていく、と私は思う。

その「クリーンルーム」がどういう仕組みなのかはわからないが、「自慰」というものもこれからは消えていくのかもしれない。

便利になるな、と思っている自分がいる。私たちの性は進化し続けていて、それにしっくりくるように世界も変わり続ける。そのことを、受け入れている自分がいた。

「どんどん便利になっていくわね」

「ほんと。やっぱり最先端の街で暮らすのはいいわね」

他の「おかあさん」が笑っている。私も少し歯を見せて口を開け、笑ったような空洞を顔につくった。一斉に笑った「おかあさん」の顔は、顔の筋肉の動かし方がまるで「子供ちゃん」同士のようにそっくりに似てきている気がした。

家に帰って、部屋が暗いとほっとする。私は電気をつけないまま、ベッドの上に寝そべった。テレビを点けると、さっき話題になった「クリーンルーム」について、キャスターがもっともらしい顔で説明していた。

海外の実験都市ではすでに設置が進んでいる「クリーンルーム」が、ついに日本の実験都市にも導入されることになりました。個室に入り、中にあるタッチパネルで自分のデータを入力すると、視覚・聴覚・嗅覚と電子振動により、より素早く、身体の中の性欲をクリーンアップすることができます。抗菌処理された使い捨ての器機もオプションで購入でき、無駄な時間をかけることなく身体の中の性欲を処理できるので今までのように億劫な思いをすることはありません。個人差はありますが、1～5分もあれば身体の中をクリーンにすることができます。

ニュースキャスターの説明を聞いて、私はクローゼットの引き出しをあけた。引き出しの奥に何か月も置き去りにされていたポーチの中で、恋人たちが死んでいるような気がして、怖かった。私は彼らが「あっちの世界」で生きているから恋をしたのだ。それは確かなことなのに、ポーチの中で彼らが、大家さんの骨のように白い粉になって一つの塊に変わってしまっている気がした。私はポーチを手にとらずに、引き出しをそっと閉めた。彼らはどこまでも「恋人」で、性欲を処理するのに適した道具ではない。忙しい日々の中で、つい、「恋」という付属がついていない、便利で手軽な道具ばかりを手にとって、性欲に費やす時間を短縮してしまう。

この街に来てから、一度も新しい恋をしていない。それがないとどこへ向かっていいのかわからないくらい、いつも魂を引きずられていたのに。

私はヒトではないものとも恋をしなくなるのかもしれない。性欲は、恋の甘い産物ではなく、いつの間にか身体の中に溜まって、下腹部が疼《うず》く不快感のある排泄物になっていた。あんなに尊かった自分の性欲も、くだらなくて邪魔なものにも感じられる。私は熱を宿した身体を処理して、清潔な部屋でうとうととまどろんだ。

私は、この世界の形をしすぎている。

たとえば1000年後、私たちはどんな形をした動物になっているのだろう。そんなことを思いながら、いつのまにか眠りについていた。

夫の出産の日は、雲一つない快晴だった。

私は友人として頼まれたという名目で特別に許可をもらい、夫の出産を、手術室の外からガラス越しに見守っていた。

人工子宮には出てくる穴がないので、帝王切開で人工子宮を切り裂いて子供を取り出すことになっていた。

夫はベッドに寝かせられていた。

夫は麻酔をかけられていたが、意識はあり、不安そうな目で天井を見つめていた。

帝王切開なので切断面はガラス越しでも見られないのかと思ったが、ここからも夫の全身はよく見えた。夫の顔は固定されて、自分の手術が見えないようになっていた。夫の分まで見守ろうと、私は必死にガラスに顔を近づけていた。

産婦人科医がそう言い、夫の帝王切開が始まった。

「では、始めます」

医者の合図で、夫が寝ているベッドの両脇にいた看護師が、二人がかりで夫の子宮を持ち上げた。

夫の腹にぶら下がっていた袋が持ち上がり、人工皮膚越しに、子宮の中の子供が寝返りを打つのが見えた。

看護師が支えている子宮を、手袋をした医者が、銀色のハサミで袋の天辺を切っていった。

人工皮膚であって痛覚はないとわかっていても、見ていると痛くなりそうだったが、目をそらさずにハサミが夫の子宮の天辺を切るのを見つめていた。

子宮の中に繋げている血液のチューブの一本が切れたのか、夫の子宮から血が流れ始めた。

「がんばってください、もう少しですよ！」

声をかけられた夫の顔色は青白く、死んでいるのではないかと不安になりながら、私も自分の脂汗をぬぐった。

医者は袋の上部を切って穴をあけると、今度は縦に切れ込みを入れていく。子宮がめくれて内側が見える。人工皮膚の内側から、プラスチックの血液のチューブと、人工の臍の緒に繋がった、夫の血にまみれた青白い胎児が現れた。

医者は厳かな顔で袋に切れ込みを入れ続け、やがて切り口は四つに分かれてぱっくりと袋が開いた。

夫の腹の上で裂けた人工子宮から、泣きじゃくった子供が取り出された。

「成功です！」

医者は血だらけの子供を抱き上げ、手術室に泣き声が響き渡った。

ああ、私たちはちがう形の動物になったのだ。

私は呆然《ぼうぜん》と、ガラスの向こう側を眺めていた。

目の前の光景は、私が知っている「ヒト」という動物の出産の光景とはかけ離れていた。

血だらけで皺々の、巨大な睾丸のような赤ん坊が、白い手術室の中に掲げられている。

その下で横たわる夫の子宮の側にはぶらんとペニスがぶら下がり、その腹の上では子宮が切り開かれ、まるで人工の肉でできた花が咲いているようだった。

夫は、腹の上に大きな花を咲かせた姿で、涙を流して赤ん坊を見上げていた。

その光景は、網膜から私の中に入り込んで、内臓の隅々にまで焼き付いて行った。体中の細胞が、目の前の光景を吸収しているのを感じていた。

ガラスの向こう側で繰り広げられているのは、絶対的な命の光景だった。命が目の前で発生した、という奇跡的な出来事に、身体中の細胞が興奮して、震えているのだった。

新しい命という存在は、強制的に私を感動させた。

夫の身体の中を通って、私たち「おかあさん」すべての「子供ちゃん」が新しく出てきたのだ。

医者も看護師も「おかあさん」だ。幸福そうに、「子供ちゃん」を見つめている。

「『子供ちゃん』、ほら、僕が『おかあさん』だよ」

「俺も『おかあさん』だよ」

「ほら、こっちにも『おかあさん』がいるのよ」

医者も看護師も、甘い声で「子供ちゃん」に呼びかけた。

そこに掲げられているのは、紛れもなく「子供ちゃん」だった。大勢の愛《いと》おしい「子供ちゃん」と同じ存在で、それ以上でも、以下でもなかった。

あの産毛《うぶげ》しか生えてない頭がおかっぱに切りそろえられ、私が昨日公園で抱きしめた大量の

「子供ちゃん」と同じ存在になっていくのだ。

「子供ちゃん」は誰にも似ていない顔で泣き声をあげつづけた。あの顔の筋肉は、きっと他の「子供ちゃん」と同じ動きをするようになっていくのだろう。そして、大勢の「子供ちゃん」とそっくりな表情で笑い、喋り、泣くようになるのだろう。

私はまだ誰にも似ていない「子供ちゃん」を縋《すが》るように見つめていた。「子供ちゃん」の泣き声は、初めて出会う知らない動物の鳴き声に聞こえた。


そこからは目まぐるしい日々だった。私は病院の外へと追い立てられ、夫に会えないまま、ニュースで報道される、初めての人工子宮からの出産成功の様子を繰り返し見て、日々を過ごした。検査と取材に追われている夫とやっと連絡がとれたのは、子供が生まれてから二週間たってからだった。

やっと面会許可がおりた私は、夫の病室に花を持って訪れた。

「調子はどう?」

「ああ、もう傷口も塞《ふさ》がったし、すぐにでも外に飛び出していきたい気分だよ」

「あの子は?」

「ああ。センターに預けたよ」

私は少し息を止めたが、静かに尋ねた。こうなることを、もうずっと前から予期していた気がした。

「そう。大丈夫なの？　一度預けたら、見分けがつかないじゃない。ちゃんと私たちの子供を取り返せるのかしら」

「それなんだけど、このままでよくない？　だって、僕たちの子供ならここにいるじゃないか……」

夫は窓の外を眺めた。そこには、見ず知らずの子供たちが走り回っている。

もう駄目だ、と私は思った。

私も夫も、この世界を食べすぎてしまった。

そして、この世界の正常な「ヒト」になってしまった。

正常ほど不気味な発狂はない。だって、狂っているのに、こんなにも正しいのだから。

夫は愛おしそうに窓の外の子供たちを見つめながら言った。

「うれしいなあ。僕たちはついに楽園に帰ってきたんだ。子供を産みおとし、すべての子供の『おかあさん』になる。僕たちはたぶんずっと、間違えてきたんだよ。セックスをしなければ子供が生まれなかった時代の風習を捨てきれずにさまよっていた。ここはなんて懐かしい世界なんだろう。そう思わない？」

「……」

「僕が産んだことで、人工子宮でも子供が生まれることが証明された。なんて光栄なんだろう」

夫はうっとりと言った。

「僕は僕の子宮で世界に命を繋げたんだ。素晴らしいことだと思わないかい？」

頷こうかと一瞬悩んだあと、私はぼんやりと呟いてみた。

「……そうね。でも、約束だったわ。私たちは約束したわ、確かに。二人で子供を育てるって……」

「僕たちが間違ってたんだよ。命は人類のものなんだから、ちゃんと返さないと」

やれやれ、と言いたげに夫は首を横に振った。

「雨音さんも産んでみたらわかるよ。『自分の子供』なんてものは存在しない。どんなにお腹を痛めて産んだ子でも、それは人類の『子供ちゃん』なんだ」

諭すように言う夫に伝えるべき言葉は、もう見つからなかった。

「……じゃあ、私は帰るわ」

「うん、そうだね。僕はこれからいろいろ検査があるから。何しろ、初めての男性出産の成功者になったんだからね」

意気揚々としている夫を置いて、病室を出た。

遠くから、微かに、生まれたばかりの「子供ちゃん」の声が重なって聴こえてくる。すべてが私の子供だ、という想いが沸《わ》きあがる。私が「本能」とか「生理的」などと言って信じていた感情や衝動と、まったく違うものが身体の中に芽吹いていた。

自分の本能の形を確かめたい。この街に来てから忘れていたその衝動に突き動かされて、その声に近付いていこうと、私は病院の白い廊下をよろよろと進んだ。


「おかあさあん」

私を呼ぶ声が聞こえる。

病院の外を見ると、「子供ちゃん」が数人、どこかへ向かって走っているのが見えた。

私は、病院の片隅にある、新生児センターと書かれた扉の前に来ていた。

生まれた赤ん坊は、まずは一斉にここに預けられ、中から元気そうな子を選んで「赤ちゃんルーム」に運ばれると聞いている。

この扉の向こうに並んでいるはずの、「子供ちゃん」たちの姿を、確かめたかった。あの日、夫の頭上に掲げられた、私の遺伝子がその身体の中に刻まれている「子供ちゃん」との違いを、そこに見つけたかった。私がずっと信じてきた本能がまだ自分の中に残っているかどうか、確認せずにはいられなかったのだ。

ドアは鍵がかかっていて、押しても引いてもびくともしなかった。

「何をしてるんですか？」

看護師の声に、ぎくりと動きを止めた。

「こちらは立ち入り禁止ですよ。どこの病室の方ですか?」

私はおそるおそる振り向き、「あの……」と掠《かす》れた声で言った。

「一目でいいんです。『子供ちゃん』を見てもいいですか?」

「……そういう行為は禁止されています。それに、中を見てもどれがご自身から生まれた子供かは、わかりませんよ」

看護師は顔をしかめた。どうやら、私は出産を終えて自分が産んだ子供を探しに来た入院患者だと思われているようだった。

「あの、違うんです。私、去年、クリスマスに受精した者なんですけれど、私からは子供が生まれなくて……。だから『子供ちゃん』が無事に生まれている姿が一目見たくて」

そう説明すると、看護師の表情が少し和《やわ》らいだ。

「そうですか。それはお身体に負担もあったでしょう。……いいでしょう、少しだけ中をお見せしますね。実は今朝も、あなたと同じように死産だった『おかあさん』がいらしたんです。ちゃんと生まれている子供たちをみて、安心して帰って行かれましたよ。だからあなたも、きっと『子供ちゃん』たちを見たら安心しますよ」

私が今日「子供ちゃん」を死産したばかりの「おかあさん」だと勘違いをした看護師はポケットからカードキーを出して、新生児センターのドアをあけてくれた。

すぐに赤ん坊がいるかと思ったらそこは長い通路で、他の建物へと繋がっているようだった。

「この病院で生まれた赤ちゃんをすべて管理していますからね。専用の建物があって、そちらにすべて連れて行ってあります」

長い通路を早足で歩く看護師に必死についていきながら、私は小さな声で言った。

「あの……変なことを聞くようですけど……」

「何ですか?」

看護師は気さくに答えてくれた。少し安心して、続きを言う。

「あの。『あっちの世界』で子供を産んだ経験はありますか……?」

「ああ、なんだ、そんなこと。ありますよ」

看護師はあっさりと頷いた。

「あの、じゃあどうして『こっちの世界』に?」

彼女はちらりと私を見て、笑った。

「なんとなくね、『予感』がしたんですよ。きっと私たちの未来はこういう形だって」

「……」

看護師は無言の私を見て優しく笑った。

「私もねえ、あっちでは、三人も子供を育てたのよ。可愛くて可愛くて、でも生意気で大変で、それでも大切でね。母性ってこういうことなのかと思って育てたわ。でもこっちに来て気が付いたのよ。今まで私が、お腹を痛めた子に引きずられていたのは、もちろん愛情もあるけど、それが世界にとって都合のいい本能だったからだって」

「……」

「でも一番大切な部分は変わらない気がするわ」

「それって何ですか？」

「人間という一匹の動物として、どうしようもなく健全だということよ。命を繋いでいく、という人間の一番大切な目的に、心も身体も従ってるの。どんな形でも、私は『おかあさん』なのよ。あなたもね」

看護師はそこまで喋ると、大きな銀色の扉の前で足を止めた。

「この向こうに、『子供ちゃん』たちがいるわ。いい、少し見るだけよ」

「はい」

看護師はさっきとは違うカードキーを差し込み、銀色の扉を開いた。

「さあ、どうぞ」

深呼吸をしてドアの中に入った。赤ん坊の泣き声が響いている。

ドアの向こうは、思っていたよりずっと大きな施設だった。

私は息を吞んで、廊下の両脇のガラスの向こう側の光景を見つめた。

そこは、巨大な、「ヒト」の畑だった。そうとしか言いようがなかった。

ガラスの向こうの遥か彼方まで、ぎっしりと新生児が並べられている。キャベツ畑で子供が生まれると昔の人は言っていたと、何かの資料で読んだが、それは、この光景を予感していたせいかもしれないと思った。

人間の畑の中を、白衣を着た看護師が歩き回って、ミルクを与えてまわっている。

「あの、仕切りとかはなくていいんですか？」

「子供ちゃん」たちが仕切りも何もなく並べられているのが気になって尋ねると、看護師が笑った。

「何言ってるの。あの子たちは、みんな同じ『子供ちゃん』だもの。カルテは別だから番号がついているけれど、今はどの子にも名前も戸籍もないのよ。

あの中から、健康な子を選んで『赤ちゃんルーム』に移動するのよ。病気になった子はもちろんすぐ治療するけれど、中には死んでしまう子もいるわ」

ガラスに近付いて改めて眺めると、青白いキャベツ畑に見えた赤ちゃんたちは、膨張した精子そのものだった。

頭の中に、子供のころ母に写真を見せられた父の顔が浮かんだ。母に流し込まれる前、私はあの男性の睾丸の中で、こんなふうに整列していたのだろうか。命が繁殖する仕組みに、従順に従って、名前のない、無垢で純粋なただの命の粒として。

遠くで何匹か、死んだ子が運ばれていくのが見える。かと思えば、新しい子供が運ばれてきてその隙間に置かれる。

この命のキャベツ畑は、私がずっと見てきた世界の光景そのものだった。成長した命はやがてここから消滅し、発生した命が運ばれて来る。命の粒が運ばれてそこにできた穴に新しい命がおさまる。命が入れ替わりながら、まったく同じキャベツ畑の光景が永遠に続いていく。私たちは世界に陳列された命で、それだけだった。世界はいつでもそうだった。生命はいつでも正しかった。

ここにいるすべてが私の「子供ちゃん」だった。

あの日夫の人工子宮から取りあげられた、私の卵子と夫の精子で受精させた子供と、ここに並んでいる赤ん坊は、まったく均一に、同じものだった。

私はガラスに掌を付けて、自分の「子供ちゃん」たちに笑いかけた。

「『子供ちゃん』。『おかあさん』よ。ほら、ここに『おかあさん』がいるのよ。こっちを向いて」

何匹かの「子供ちゃん」が、その声に反応するように、目玉を動かしたり泣き声をあげたりした。

ここに並ぶすべての「子供ちゃん」に、均一に、同じ量だけ、自分が注いだ命が入っているのだった。

これが、今の私の「本能」の形なのか。

私は笑いだしたい気持ちだった。

看護師が「あら、ちょうどいいわ」とガラスケースの中をみた。

「健康に育った『子供ちゃん』が、ちょうど『赤ちゃんルーム』に運ばれていくところよ。抱いてみる?」

私は頷いた。看護師は新生児センターの裏口のような場所のドアをあけ、赤ん坊を運んでいる看護師に声をかけた。

「ちょっといい? こちら、『子供ちゃん』が死産だった『おかあさん』なの。少し抱かせてあげてもらえるかしら」

若い看護師は頷き、赤ん坊をこちらに差し出した。

私は黙ったままそれを抱き留め、一瞬の間のあと、満面の笑みを浮かべた。

「わあ、可愛い。私の『子供ちゃん』はなんて可愛いのかしら」

「そうよ。これも、あなたの子宮から生まれたのよ。この世界のすべての子宮は繋がってるんだから」

「そう。そうですよね。私の『子供ちゃん』。あはは、なんて可愛いんだろう。あはは、あははははは」

私が笑い声をあげると、呼応するように「子供ちゃん」も微笑んだ。

私たちは、男も女も均一に、人類のための子宮になったのだ。

「正しさ」という聞こえない音楽が、私たちの頭上で鳴り響いている。私たちはその音楽に文配されている。

私の身体の中でも、いつのまにかその音楽が大きな音で奏でられている。その音楽に従って、私は自分の「子供ちゃん」に甘い声で呼びかけ続ける。

目の前で蠢く愛おしい命たちは、私を否応なしに感動させる。

何が正しいのかを、世界はこうして私たちに知らしめる。

私たちは、全員、世界に呪われている。

世界がどんな形であろうと、その呪いから逃れることはできない。

目の前に並ぶ新生児たちと、腕の中の温かい赤ん坊。夫から流れた血液と、掲げられた新しい命。

命が繋がっている光景という強制的な正しさの前で、私たちは抗うことができずに、その「素晴らしい光景」に感動し、従い続けるのだ。

「可愛いわ。可愛いわ」

「私たちの『子供ちゃん』はなんて可愛いのかしら」

「可愛い。可愛い。可愛い。可愛い。可愛い。可愛い」

「おかあさん」たちが口々に言い、私の腕の中で「子供ちゃん」が微笑む。「子供ちゃん」の澄んだ瞳が、世界を見つめている。私と同じように、世界を吸収して人間になり続けている。

この正しい世界を、全身に浴びながら。

「あはは、この子、ちっとも泣かないわねえ。いい子ね、『子供ちゃん』は」

「そうね。ほらみて、えくぼがあるわ。可愛いわねえ、『子供ちゃん』は本当に可愛いわ」

何人かの看護師の「おかあさん」が皆、一様に笑顔を浮かべて、自分たちの「子供ちゃん」を愛撫し、甘い声をかける。「子供ちゃん」はすべての「おかあさん」に笑顔を向ける。

ガラスの向こうではびっしりと「子供ちゃん」の畑が続いている。小さな蠢くしろい粒が、すべて、私の可愛い「子供ちゃん」なのだ。私はこみあげる愛おしさを吐きだすように、腕の中の柔らかい「子供ちゃん」を抱きしめた。


家を訪ねてきた母に紅茶を出すと、母は居心地悪そうに身じろぎした。

「狭い部屋ね。朔さんはどこなの？」

「ああ、引っ越していったわ。なんて言ったたって、男性の出産の人類初の成功例だもの。講演会をしたり、病院の研究に協力したり、忙しくて仕事も辞めたみたいだったわよ」

「みたいって……直接会ってないの？」

「そうね。引っ越しのときに少し荷物のやりとりをしたけれど、忙しいらしくて代理の人が来たわ。私もこのところ、『子供ちゃん』にミルクをあげるので忙しかったから」

一斉に生まれた「子供ちゃん」たちがそろそろ一か月になろうとしている。私たち「おかあさん」は毎日センターの「赤ちゃんルーム」に通い詰めて、ミルクをあげたりあやしたりと世話をしていた。

母は顔をしかめて、不愉快そうに息を吐いた。

「あっちでも毎日そのニュースばかりよ。まさか、朔さんが産むなんて……心配して来てみれば……」

「まだ部屋を引き払ってないから、鍵は私がもらったままなの。手続きするのも面倒だし、お母さん、隣に引っ越してくる？」

「冗談言わないで」

顔をしかめてそう吐き捨てた母に、思わず笑いかけた。

「『あっちの世界』はどう？　相変わらず？」

「あっちの世界って、何よ」

眉間に皺を寄せた母に、白いお皿に乗せてショートケーキを出した。

「この器、『子供ちゃん』が町内会のお祭りで作ったものなのよ。可愛いでしょ」

「あんた、そんな他人の子より、自分の子はどうなのよ」

「そうね」

「そうね、じゃないわよ。そろそろ生まれたころかと思って来てみれば……今年は駄目だったにしても、来年があるでしょう。朔さんとちゃんと話し合いなさいよ。家族なんだから」

私は思わず笑ってしまった。

家族。久しぶりに聞く言葉だ。この世界で暮らす上では、まったく必要のない言葉なのだから。

「何、笑っているのよ。気味が悪いわね」

くすくすと笑う私を、母が顔を歪めてにらんだ。

「なんだか、これでもいいような気がしない？　世界がどんなシステムになっても、違和感がある人は一定数いて、そのパーセンテージって同じようなもんじゃないかって気がするのよね」

「……？」

「お母さんは、きっとどこの世界でも違和感がある10％くらいの人間なのね。私は、どこでも違和感のない人間なんだと思うわ」

「……あんたはそういうところがあったわ、小さいころからね。世界の仕組みにあっさりと順応して器用にうまくやっていけるのよ、上辺ではね。私は駄目よ。最初に身体に焼き付いた本能が、いつまで経っても消えない。絶対に消えない。私の中で燃えてるのよ」

「そうね。お母さんは、そういう人よね」

「でも、人間がそんなに都合よく出来ているわけないわ。あんたの身体の中のどこかに、前にいた世界のデータが残ってる。あんたの魂には、あんたが子供のころ私があんたの魂に縫い付けた、『愛し愛されて子供を産む世界』のデータが残っているのよ。その世界で目覚めた本能から、あんたは逃れられないのよ。セックスなんてものがなくなりかけてる世界で、あんたは恋人を絶やさなかった。それが何よりもの証拠よ。呪いをかけておいたって、言ったでしょう。あんたの本能は、誰かと愛し合って子供を産む、そのことを望んでいるのよ。あんたが正しく生きられるように、私が育てたんだから」

　私は笑いながら、空になったティーカップを指差した。

「紅茶のおかわりはどう？」

「馬鹿にしてるの？　澄ました顔したって、無駄よ。本当は、あんたも気が付いてるんでしょう？　自分が『正しい人間』だってことに」

「ねえ、人間のこと、化け物だって思ったことはある？」

「は？」

「ヒトだけではなくて、命あるものはみな、化け物なのかもしれないわね。海で生きていたのに陸に出てみたり、空を飛ぶようになったり、尻尾を生やしてみたり。二本足で立ってみたり、動物的な交尾ではなくて、『科学的な交尾』で繁殖するようになったり。命あるものはみんな化け物で、私も、ちゃんと、化け物だったの。それだけよ」

　母はなぜか少女のような傷ついた顔で、後ずさった。

「どうしたの？　ケーキ、食べないの？」

「……本気で言ってるわけじゃないでしょう？　あんたは、感化されやすいから、洗脳されかかってるだけなのよ。早く帰りましょう。ここよりは、元の世界のほうがずっとマシだわ」

「お母さんは洗脳されていないの？　洗脳されてない脳なんて、この世の中に存在するの？どうせなら、その世界に一番適した狂い方で、発狂するのがいちばん楽なのに」

母は青ざめて俯《うつむ》き、まるで私が本物の化け物であるかのように、目をそらしたまま急いでバッグを持って立ち上がった。

「……帰るわ。あんたと話していたら、こっちまでおかしくなりそうだわ」

「そう。ケーキは持ち帰れば？」

「いらないわ」

立ち上がろうとした母は、ぐらりとよろけて、椅子から転がり落ちるように床に這《は》いつくばった。

「……な」

突然眩暈に襲われて驚いているのか、それとも睡眠薬が効《き》いてきて眠いのか、母は焦点が合わない目で必死にテーブルにつかまって立ち上がろうとして、椅子を倒しながら再び跪《ひざまず》いた。

「大丈夫？　お母さん」

私は手元のペーパーナプキンで唇を拭いて立ち上がり、うずくまる母にゆっくりと近付いていく。

「あんた……紅茶に、何か……」

「ねえ、お母さん。私、正常なお母さんが見たいの」

「何よ、それは⁉」

「どの世界に行っても、完璧に正常な自分のことを考えると、おかしくなりそうなの。世界で一番恐ろしい発狂は、正常だわ。そう思わない？」

「……」

母は喋るのもままならないのか、よろめきながら必死にこちらを睨《にら》んでいる。

「お母さん、私、怖いの。どこまでも〝正常〟が追いかけてくるの。ちゃんと異常でいたいのに。どこまでも追って来て、私はどの世界でも正常な私になってしまうの」

「……！　……！」

母は何かを訴えるように口を開け閉めしながら、溺れるように床の上で暴れている。

「ねえ、お母さん。お母さんが私をこんなに〝正常〟な人間にしてしまったんじゃない。そのせいで、私はこんな形をした『ヒト』になってしまった。今度はお母さんが、私のために正常になって。この世界で、一緒に、正しく、発狂して」

母は這いつくばるようにしてドアに向かおうとしている。それはとてもよく効く薬で、母は死にかけのゴキブリのように、床の上で震えている。

薬がまわってきたのか、うつぶせのまま手足をばたつかせていた母の動きが止まった。私は母を見つめながら言った。

「私は『おかあさん』の『子供ちゃん』でしょう？　ねえ、『おかあさん』」

眠ってしまったのだろうか。「おかあさん」の返事はなかった。

窓の外の空は晴れ渡っていて、水色と白でできたこの街と境界線が解けて、まるで空の中を漂っているような気持ちになる。

外からは、「子供ちゃん」の笑い声が聞こえてくる。はしゃぐような、叫ぶような、その声が、私の鼓膜《こまく》をくすぐるように震わせていた。


雲がない日にこの街を歩いていると、まるで本当に空の中で暮らしているみたいだ。

会社からの帰り道、水色の遊歩道の上を歩きながら、私は思った。

何年たっても、私たちの「子供ちゃん」は同じ姿で街のあちこちを走り続けている。数年たっても変わらないその姿に、自分が年を重ねていることを忘れそうになる。あれから何回か受精をしたが、私自身の子宮から「子供ちゃん」が発生したことはない。けれど、この街のそこかしこに、その姿を見ることができる。

去年、三十九歳の誕生日を迎えたとき、医者は、「次の受精からは、ご自身の子宮と人工子宮との選択ができます」と述べたが、それからは私には受精の葉書は届かないままだ。

会社へ行き、残業がなければ公園に寄り、週末は存分に「子供ちゃん」を可愛がる。五月に入り、街にはお腹の膨らんだ男性や女性が目立つようになってきていた。

会社帰りにはいつも、駅前の「クリーンルーム」に入り、性欲を排泄する。家で排泄するより部屋が汚れなくて綺麗な気がするからだ。すっきりして自分の家へと向かう。

なんのてらいもなく「クリーンルーム」を使う私を、汚いものを見る目で見る「おかあさん」もいる。私は微笑みかける。世界は今この瞬間も変化し続けている。あの人も、私も、「途中」なのだ。「途中」の場所が違うだけで。

この街が成功したので、九州にも新しくこの「楽園（エデン）システム」の街をつくる計画があるらしい。きっと、この街のような美しい世界なのだろうなと、想像するだけで楽しくなる。

いつものように駅前の「クリーンルーム」で性欲を排泄し終えて、そばにあるコーヒーショップでお気に入りのコーヒーをテイクアウトして、自分が住むマンションへと向かった。夕食前にコーヒーを飲んで一服するのも、私の習慣になっている。

オートロックの鍵をあけて入ろうとすると、マンションのポストの前にある掲示板で、白いスモックを着た背の高い「子供ちゃん」が一所懸命ポスターを貼っていた。

「あ、『おかあさん』」

私の足音に、「子供ちゃん」はうれしそうに振り向いた。

「子供ちゃん」も、私がここへ越してきたときに比べると大きくなった。目の前にいるのが第一次妊娠で生まれた「子供ちゃん」だとすると、もう十四歳だろうか。手足はすらりと伸びて、真っ白な、紙のような皮膚に水滴が浮かび上がり、汗をかいているのだとわかる。

「何してるの？」

こちらも笑いかけながら問うと、「子供ちゃん」は少し照れくさそうに言った。

「今度、母の日にセンターで開かれるお祭りのポスターを貼ってるんだ。子供みんなでカーネーションの造花を作って、『おかあさん』に渡すんだよ。『おかあさん』も来てよ」

「子供ちゃん」は喋り方も教育されているようで、まるでスタッカートを奏でているような、ハキハキとした好ましい喋り方だった。

「もちろん行くわ。ここら中のマンションをまわってるの？　偉いわね、『子供ちゃん』は」

頭を撫でると、

「ガキ扱いしないでよ」

と拗《す》ねたような口調で言った。

「センターの生活はどう？　今日は何食べたの？　寂しくない？」

何気なく質問をしたつもりが、「子供ちゃん」は私を見つめながら、不思議そうに、真ん丸くて真っ黒な瞳でこちらを見据えた。

「さみしいって、何？」

私ははっとして、「子供ちゃん」のビー玉のような黒目を見つめ返した。

「寂しいっていうのはね……寂しいっていうのは……」

その感覚を咄嗟《とっさ》に思い出せず、首をかしげた。理屈ではその言葉を知っているが、感覚的には思い出せない。「孤独」も、私の脳の中から消えつつあるのかもしれなかった。

微笑んで首をかしげたままの私に、「子供ちゃん」が心配そうに近づいてきて、背中を撫でた。

「大丈夫？　『おかあさん』」

その腕は真っ白で、そういえば「子供ちゃん」が男なのか女なのかすら、私にはわからない。

「子供ちゃん」の顔を良く見ようと、背後を振り向こうとしてバランスを崩してよろけた。手に持っていたコーヒーのタンブラーから熱いコーヒーが零れ、「子供ちゃん」の白いスモックを濡らした。

「熱……！」

驚いて手を引いた「子供ちゃん」に、慌《あわ》てて飛びついた。

「大丈夫⁉　『子供ちゃん』！」

私は自分の子供になんてことをしてしまったのだろうか。

「平気だよ、これくらい」

「でも熱いでしょう！　やけどしていない⁉」

「うん……」

「来て、すぐに冷やさないと！　服もすぐ脱がないと、ますますやけどが広がっちゃう！」

私は慌てて「子供ちゃん」をエレベーターに乗せ、自分の部屋に駆け込み、白いスモックとその下のTシャツを脱がせてシャワーで患部を冷やした。

腕が少し赤くなっているほかは、大事なさそうだ。ほっとして、それからこの「子供ちゃん」に胸がなく、おそらく男であるということに気が付いた。

「ありがとう、『おかあさん』」

私のせいで熱い思いをしただろうに、素直に言う姿が愛しくて、

「ごめんね、ごめんね」

と抱きしめた。

シャワーで腕を冷やし、私の黒いハーフパンツとトレーナーを箪笥《たんす》から引っ張り出して渡した。

「ズボンも濡れちゃったわね。今、乾燥機まわすから。サイズが合わないかもしれないけれど、これを着ていてね」

「うん。ありがとう」

にこっと笑うと、「子供ちゃん」は躊躇せずにズボンと下着を一気に下ろした。

バスルームのドアを閉めようとしていた私は、驚いて硬直した。

「パンツないけど、このまま穿《は》いていいのかなあ」

にこにこと首をかしげる姿に、この子には「恥じらい」も存在しないのだと気が付いた。

全裸の彼は不思議そうに私を見上げた。

「『おかあさん』？」

「……」

「子供ちゃん」のおかっぱの黒髪が、さらさらと揺れている。昨日、公園で会って勉強を教えてあげた「子供ちゃん」と、一昨日、重い荷物を持ってくれた「子供ちゃん」と、同じなのか、違うのか、そのまん丸い目を見たことがあるのかないのか、わからなくなっている。

「子供ちゃん」は無数の「子供ちゃん」と同じ筋肉の動かし方で瞼を動かし、頬の筋肉を持ち上げ、唇を笑顔の形にしている。

「……『子供ちゃん』……」

「なあに、『おかあさん』？」

「『おかあさん』の身体の中に、これを入れてみたいっていったら、どうする？」

「彼」にどの程度知識があるのか、まったく性に関する恥じらいはないのか知りたくて、彼の小さなペニスに人差し指で触れながら尋ねた。

「子供ちゃん」はすこし不思議そうな顔をしたあと、歯を見せて無邪気な笑顔を浮かべた。

「うん、わかった。そうだよね。元は、僕たちみんな、『おかあさん』の身体の中にいたんだもんね」

全裸で微笑む「子供ちゃん」の姿は、いつか絵本で読んだ「楽園」のアダムそのものだった。

ないのだった。

「楽園」の外で、アダムとイヴはどんなセックスをしたのだろう。
部屋の中は明るく、私たちは全裸だった。そして、そのことがお互いに少しも恥ずかしくは

白いシーツの上で、私はセックスを作っていた。作るしか方法はなかった。前のやり方はもう忘れてしまって、私の身体の中から消えてなくなってしまったのだから。

私は昔、そうしていたように身体の中の「声」に従おうとしたが、すぐにあきらめた。何の声も、身体からは聞こえなくなっていたからだ。知識はあったが、身体の中からセックスというものがもう排出されてしまっている気がした。私は、あるいは人類は、「あっちの世界」でセックスを使い果たしてしまったのかもしれない。

首をかしげながら、「子供ちゃん」の脚の間にある蛇の抜け殻《がら》に似たものを、パズルのように自分の身体に当てはめる。

静かなままの身体の中から、「脳の排泄物」は湧きあがってこなかった。もう、身体がそういう仕組みではなくなってきているのかもしれなかった。

「子供ちゃん」の凸《とつ》は、乾いた紙粘土のようにうっすらと硬くなっていた。

「子供ちゃん」の粘膜は懐かしい感触だった。子宮の中にいたころ、自分が内臓に囲まれて暮らしていたことを、じんわりと思いだすような感覚だった。

私は安堵《あんど》し、安堵感から、涎《よだれ》を垂らすように、身体のあちこちの粘膜が濡れ始めた。瞳がうるおい、鼻水が出て、膣からもさらさらとした水が出てきた。見ると、「子供ちゃん」もそうなっていた。安堵すると、ヒトは水分を垂れ流す仕組みなのかもしれなかった。

まるで植物が受粉するように、私の濡れた粘膜と「子供ちゃん」の濡れた粘膜がゆらゆらと重なった。ねばついためしべのような「子供ちゃん」の突起に体液をこすりつけているうちに、それは私の身体の中におさまっていった。

快楽はどこにもなく、不可解なほどの安堵感だけがそこにあった。私たちの筋肉は弛緩していて、痛みがどこにもなかった。

私の身体の中にめしべのような突起が吸い込まれていくと、「子供ちゃん」は不思議そうな顔をした。

「何をしてるの？『おかあさん』」

「そうね。私はね、作ってるの。自分の身体で、今まで人間がしたことがないことを、作ってみようとしているのよ」

「へえ、すごい！『おかあさん』は、やっぱりすごいなあ」

「子供ちゃん」は目を輝かせて、私たちを繋ぐ青白い突起を見つめた。

突如、隣の７０５号室から、ガタガタと激しく壁をたたく音がした。

この部屋に人の気配がしていることに気が付いたのかもしれない。壁にかけた絵が落ちそうなほど、大きな音をたてて壁を揺らしている。とぎれとぎれに、動物の鳴き声に似たものが聞こえた。

「何の音かなあ」

音がする壁を見つめた「子供ちゃん」の黒髪を、私は優しく撫でた。

「隣の家は空き家なんだけどね、私が借りているの。ほら」

私は枕元に置いていた鍵を見せた。「子供ちゃん」が不思議そうに私を見上げた。

「そこに何かいるの?」

「そうよ。ペットを飼ってるの。きっとお腹がすいたのね。後で餌をあげにいくから大丈夫よ」

「わあ、何を飼ってるの?」

「とっても可愛い動物なの。よく鳴くし、餌をよく食べるのよ」

椅子がひっくり返るような音が聞こえ、一段と物音が激しくなったが、やがてあきらめたのか、その音もおさまった。

「眠っちゃったのかな。餌は何なの?」

「そうね。いろいろ食べるけれど、一番は、世界よ。世界を食べて、その世界にぴったりの形になる動物なの。とっても不思議で、面白いでしょう?」

「わあ、すごい!」

「子供ちゃん」と私は同じ筋肉の動かし方で頬をあげ、唇を横に大きく伸ばし、歯の間から空洞を見せて笑った。

私の身体からは、今までにないほどのたくさんの水が流れ出ていた。

「子供ちゃん」も、まるでねじが外れたかのように水を流し、口からは涎が流れ落ちていた。

私たちは水を浴びた植物のように絡《から》み合っていた。

私たちの間で、「子供ちゃん」の突起が私と「子供ちゃん」を繋げていた。それは太くて短い臍の緒のようでもあった。

膣から臍の緒が延びて、私の「子供ちゃん」へと繋がっている。私は私の「子供ちゃん」へと手を伸ばした。濡れた手と手が絡み合い、「子供ちゃん」が、まるで産声《うぶごえ》のような笑い声をあげた。

隣の部屋から、また大きなうめき声がする。あれが「ヒト」が動物だったころの鳴き声だったと、懐かしさを感じながらその声に耳をかたむける。

四つん這いで交尾をしていたころ、私たちはああやって鳴き声をあげていたのだろう。

「ヒト」の鳴き声は、いつまでも響いていた。それが隣の部屋からする声なのか、自分から吐き出されているものなのか、わからなくなりながら、私は、自分の子宮と繋がっている「子供ちゃん」の柔らかい皮膚を撫でつづけていた。

村田沙耶香
MURATA SAYAKA
★
一九七九年千葉県生まれ。二〇〇三年「授乳」で第四六回群像新人文学賞優秀作を受賞してデビュー。二〇〇九年『ギンイロノウタ』で第三一回野間文芸新人賞、一三年『しろいろの街の、その骨の体温の』で第二六回三島由紀夫賞受賞。他の著書に『マウス』『星が吸う水』『ハコブネ』『タダイマトビラ』『殺人出産』がある。

初出／消滅世界…『文藝』二〇一五年秋号

消滅世界《しょうめつせかい》

★

二〇一五年一二月三〇日 初版発行
二〇一六年一〇月三〇日 10刷発行

著者★村田沙耶香
装幀★高柳雅人
写真★HASEO
発行者★小野寺優
発行所★株式会社河出書房新社
東京都渋谷区千駄ヶ谷二-三二-二
電話★〇三-三四〇四-一二〇一［営業］ 〇三-三四〇四-八六一一［編集］
http://www.kawade.co.jp/
組版★KAWADE DTP WORKS
印刷★三松堂株式会社
製本★三松堂株式会社
Printed in Japan
落丁本・乱丁本はお取り替えいたします。

ISBN978-4-309-02432-5